廉恥
警視庁強行犯係・樋口顕

今野　敏

幻冬舎文庫

廉恥

警視庁強行犯係・樋口顕

1

しばらく、娘の照美《てるみ》と話をしていないと、樋口顕《ひぐちあきら》は思った。

照美は、大学三年になるが、このところ部屋に閉じこもりがちだ。勉強が忙しいとは思えない。

だいたい、三年になってからあまり大学には行かなくなったと、妻の恵子《けいこ》が言っていた。樋口は、自分が大学生だった頃のことを思い出していた。一般教養は二年生までにだいたい取り終えてしまうので、三年からはかなり暇になった。

今でもそうした事情は、あまり変わっていないのだろうと思う。

ならば、引きこもりだろうか。だが、食事のときなどは、ちゃんと部屋から出てくるし、外へも出かけていくらしい。

女の子は、中学、高校の頃、父親をひどく毛嫌いすることがある。照美の場合は、そういうこともなかった。それが遅れてやってきたのだろうか。

それはそれで仕方のないことだ。感情的な事柄は、どうすることもできない。娘が父親を毛嫌いするのは、ある種の通過儀礼なのかもしれない。

そうして娘が距離を置いてくれることで、父親は娘との別れに備えるのかもしれない。その準備がなければ、とても手放せるものではない。

照美も二十歳になり、いずれ嫁いでいくのだということが、実感できるようになった。高校から大学にかけて、何人か付き合った男性がいるらしいことは知っていた。

それが自然なことなのだ。それは理解しているが、感情的に納得できているわけではない。男親は、いつでも娘を奪われることを恐れているのだ。

樋口は、娘が嫁ぐときに、きっと後悔するだろうと思っていた。小さい頃からあまり遊んでやった記憶がない。

警察官は忙しい。若い頃は、四交替勤務だったが、刑事になってからは生活が不規則になった。

朝早くから、夜遅くまで働き続ける。大きな事件になれば、徹夜も珍しくはない。自宅にいるときは、いつもぼろ布のように疲れ果てているのだ。眠ることしか考えられない。

照美に、父親に対する反抗期がなかったのは、それだけ疎遠だったからかもしれないと、樋口は思っていた。

さすがにちょっと心配になって、妻に尋ねてみた。

「俺は、照美に嫌われているのか?」

恵子は笑った。

「そんなことはないわよ。ただ、親と話をしたりするのが面倒なだけなのよ」

「おまえも、そういうことがあったのか?」

「私の場合は、一人で東京に出てきたから、照美とは立場が違う。帰省するたびにお客さん扱いだったから……」

「親とずっといっしょにいるのは、たしかに息苦しいものだな……」

「それに、若い頃は、自分の世界に閉じこもりがちなものよ。社会に出たらそういうことも許されないから、大学にいる間は大目に見てやってもいいんじゃない?」

「部屋でいったい、何をやってるのかな……。テレビもないのに……」

「今の若い世代は、あまりテレビを見ないそうよ。一人暮らしだと、テレビを持っていない人も少なくないらしいわ」

「ラジオでも聴いているのか？」

樋口が若い頃は、もちろん部屋にテレビなどなかった。だから、ラジオをよく聴いていた。

深夜放送全盛の時代は過ぎ去っていたが、それでもまだその余韻があった。毎日、明け方近くまでラジオにかじりついていた時代もあった。

また、恵子に笑われた。

「ラジオなんて時代じゃないでしょう。パソコンやスマホで、友達と連絡を取り合ったり情報交換しているんでしょう」

大学の勉強に必要だということで、ずいぶん前にパソコンを買った。それは知っていた。

「あいつは、スマホなんて持っているのか？」

「バイトしたお金で買ったのよ。文句はないでしょう？」

「別に文句を言うつもりだったわけじゃない」

奇妙なジレンマのようなものを感じた。部屋に閉じこもっていながら、無限の広がりがあるネットの世界につながっているのだ。

最近の若者は、本物の社会よりも、疑似社会に親近感を持っているのだろうか。

今日も、照美は部屋から出てこない。樋口は時計を見た。午後十一時を過ぎていた。

明日も早いから、風呂に入って寝よう。

そう思ったとき、携帯電話が鳴った。当番の係員からだ。この時刻の電話は、ろくな知らせではない。

「どうした？」

「係長、遺体を発見したとの無線が流れました」

樋口は、すぐにメモ帳をたぐり寄せた。

「場所は？」

「世田谷区池尻二丁目のマンションの一室です」

係員は、詳しい住所の説明をした。樋口はそれをメモした。

「事件性は？」

「まだわかりません。現在、所轄が調べています」

「いちおう、現場に向かう用意はしておく」

「よろしくお願いします」

「管理官には、知らせたのか？」

「これから知らせます」

「俺が電話しておく」

「お願いできますか？」

「ああ、天童《てんどう》さんとは長い付き合いだからな」

「助かります」

樋口は、電話を切り、すぐに第二強行犯捜査の管理官である天童隆一《りゅういち》の携帯電話にかけた。

天童は、五十一歳の警視だ。

「ヒグっちゃんか。どうした？」

「世田谷区内のマンションで、遺体が発見されたとの無線が流れました」

「殺しなら、三十分以内に、所轄から出動要請があるな」

「向かう準備をしておきます」

「わかった」

電話を切ると、樋口は着替えるために寝室に向かった。自宅にいるときは、たいていジャージやスウェットの上下を着ている。

これは、待機寮にいた頃からの習慣だ。結婚して寮を出てもそういう習慣は変わらない。

ネクタイを締めているときに、再び携帯電話が鳴った。当番の係員からだ。

「殺しのようです。我々は現場に向かいます」

「了解だ。俺もすぐに出る」

もう、妻はこういうことに慣れっこだ。替えの下着やワイシャツ、洗面道具が入ったバッグを差し出して言った。

「捜査本部ができたら、しばらく帰れないでしょう？」

「そうだな」

バッグを受け取って駐車場に向かった。まだ電車が動いている時刻だが、本数が少ないからどれくらい待たされるかわからない。

車のほうが早く現着できる。カーナビに先ほどメモした住所を入れて駐車場を出た。

現場のマンションは、三宿《みしゅく》交差点の近くだった。国道２４６号から一本裏通りに入ったところにある。

パトカーや捜査車両が何台も駐車しているし、テレビ局の中継車も来ている。早くも、報道陣が集まりつつあった。

係の者は、すでに全員集まっていた。所轄の刑事や、機動捜査隊員と話をしている。

情報収集をしているのだ。

樋口は、話を聞く前に、まず現場の状況を確認した。単身者用の間取りだ。キッチンの他に二部屋ある。一部屋をリビングルームとして使用していたようだ。

その部屋に、若い女性が倒れていた。どこかへ出かけていたような服装だ。胸元が広く開いた、ざっくりとしたグレーのセーターに黒いロングパンツをはいている。パンツは、体にぴったりしていた。

室内に血痕はない。だが、糞尿《ふんにょう》の臭いがしている。これは、殺人現場ではお馴染《なじ》みの臭いだ。

突然に死を迎えた人間は、たいてい糞尿を洩《も》らす。老若男女の区別はない。

リビングルームの中央に小さなテーブルがあるが、それが斜めになっていた。その上にある雑誌などが乱れている。

わざとテーブルを斜めに置く人はあまりいない。人と争った跡と考えていいだろう。

テーブルのそばに二人がけのカウチがあり、それも妙な角度になっていた。

玄関ドアを開けると、まずキッチンだ。その向こうにリビングルームがあり、その左手にドアがあって、小さな寝室になっていた。

樋口は、どういう状況で被害者が殺害されたのかを、しばらく考えていた。

電話をかけてきた当番の係員が近づいてきて、樋口に声をかけた。

「お疲れさまです。被害者の身元がわかりました。免許証を所持していました。氏名は南田《みなみだ》麻里《まり》。年齢は二十三歳です。職業その他は、これから調べることになります」

「顔見知りの犯行かな……」

樋口が言った。

「は……？」

「遺体の場所だ。あそこに行くためには、台所を通り抜けなければならない。犯人は、そこまで入り込んでいたということになる」

「そうですね……。あるいは、待ち伏せか……」

「待ち伏せ……？」

「部屋に侵入していたということも考えられます」

「このマンションのセキュリティーは？」

「オートロックではないので、誰でも部屋までアクセスできます」

「なるほど……」

「ヒグっちゃん、どんな具合だ？」

その声に、樋口は振り向いた。

「天童さん……。わざわざ現場まで来られることはないのに……」

「そうはいかない。帳場が立ったとき、現場を見てなかった、じゃ済まされない」

天童は、よっこらしょ、と声を出して遺体の側にしゃがみ込んだ。最近、明らかに太り気味だ。

遺体に手を合わせると、観察を始める。

「眼ん玉がひどく充血しているな。首に痣《あざ》。絞殺か扼殺《やくさつ》だな」

「強盗などではないですね」

「所持品は？」

そばにいた係員がこたえる。

「バッグが残っていました。中に現金三万円ほど入った財布も残っています」

天童が、その係員に尋ねる。

「目撃者は？」

「機捜と所轄が当たってくれましたが、今のところ目撃情報はありません」

天童は、もう一度遺体に手を合わせてから、また、よっこらしょ、と言って立ち上がった。

「やりきれんだろう」

天童にそう言われて、樋口は思わずその顔を見た。

「何がです？」

「娘さんと同じくらいの年頃だ」

言われるまで、そんなことは考えていなかった。眼の前に倒れている被害者。それは、純粋に仕事の一部でしかなかった。家族のことなど、まったく考えていなかった。

たしかに、照美とそれほど年が違わないように見える。こういう場合、やりきれない気持ちになるべきなのだろうか。

そう感じないことが、まるで悪いことのように思えてきた。自分が、冷血な人間のような気がしたのだ。

天童がさらに言った。

「おまえさんは、家族思いだからな……」

この言葉にも戸惑ってしまった。

俺の何を見て、天童は「家族思い」などと思ったのだろう。仕事となれば、家庭を顧みない。小さい頃から、照美の相手をしてやった記憶があまりない。

自宅を出る前に、そんなことを考えていたばかりだ。

どうこたえていいかわからないので、黙っていることにした。

そこに、世田谷署の刑事課強行犯係長が近づいてきた。

「また、樋口さんの班と仕事ができるな」

いかにも叩《たた》き上げの刑事という雰囲気だ。彼の名は、小森進《こもりすすむ》。年齢は樋口と同じだが、階級は一つ下の警部補だ。

「金が取られていないということは、物取りの犯行じゃない」

小森は、樋口の返事を聞かずに話しだした。「着衣に乱れがないので、性的な目的でもない、と……。怨恨かね？」

樋口は、うなずいた。

「その線が強い。顔見知りの犯行だと思う」

「……ということは、鑑取りが重要ということだな……」

樋口は、小森が天童に挨拶をしないのが気になった。

「小森さん、こちら天童管理官だ」

小森は、さっと背を伸ばした。

「世田谷署の小森です」

「よろしくな」

天童は、小森の態度をまったく気にしていない様子だった。だが、樋口はそういうことがひっかかることがある。

　別に自分が礼儀にうるさいとは思っていない。人間関係は、些細《ささい》なことでこじれる。それを避けたいと思っているだけなのかもしれない。

　樋口は、小森に言った。

「捜査本部ができたら、世話になる。よろしく頼む」

「こちらこそ、お手柔らかに」

　天童が、携帯電話で誰かと話をしていた。電話を切ると、彼は樋口に言った。

「課長と話をした。帳場が立つことになるだろうから、このまま世田谷署に詰めてくれということだ」

「了解しました。本部からは我々の班だけですか？」

「今のところは、そうだ。私も参加する」

　第二強行犯捜査の管理官である天童は、殺人犯捜査第一から第四までの係を統括している。捜査本部ができて樋口の第三係が参加することになれば、天童も臨席する。

　当然のことだが、心強いと樋口は思った。若い頃に天童と組んで仕事をしていたことがある。駆け出しの刑事の時代だ。当時、まだ樋口は巡査で、天童は巡査部長だった。

　刑事のいろはを徹底的に仕込んでくれたのは、天童だ。当時は、煙たい存在だったが、月日は人の付き合い方を変える。

「天童さんも、このまま世田谷署に行かれますか?」

「ああ、俺だけ帰るわけにもいかない。明日の朝には、捜査幹部が乗り込んでくる」

捜査一課の管理官というと偉そうに聞こえる。テレビドラマの影響もあるだろう。だが、実際には、現場の統括官だ。

管理官の上には、理事官がいて、その上に課長がおり、さらに部長がいる。捜査本部の幹部席、いわゆるひな壇に着席するのは、部長、課長、それに所轄の署長までだ。管理官は、デスクで情報整理に当たる。

「私は、部下といっしょに聞き込みに回ることにします。集合は午前八時でしょうか?」

「幹部が来るのが、九時になるだろう」

樋口は、うなずいた。

「遺体は司法解剖に回しますか?」

天童はそっと溜《た》め息をついた。

「そうしたいところだが、それほど面倒なホトケさんでもなさそうだ。代用検視でいいだろう。全部のホトケさんを解剖に回していたら、予算がパンクする」

予算だけの問題ではない。恒常的に人手不足なのだ。事件性のない行政解剖は東京都監察医務院で担当するが、司法解剖は大学の法医学教室などに依頼するしかない。

事件性のある遺体すべてを法医学教室に送り込んだら、授業や普段の研究ができない状態になってしまうだろう。

解剖をしない場合は、検事が医師の立ち会いのもとに検視を行うことになっているが、多くの場合は、刑事調査官や検視官と呼ばれている警察官が代用検視を行う。

今回もそうするということだ。

「了解しました」

樋口はこたえた。天童が言った。

「じゃあ、俺は一足先に、世田谷署に行ってるよ」

「はい」

天童が現場の部屋を出て行くと、第三係の捜査員たちが、自然に樋口の周りに集まってきた。

指示を待っているのだ。樋口は言った。

「所轄、機捜と手分けして、付近の聞き込みだ。防犯カメラの位置も確認してくれ」

捜査員たちは、散っていった。彼らが胸につけている「Ｓ１Ｓ」のバッジが誇らしげだった。

　捜査一課を表すバッジだ。

　樋口自身も、そのバッジに誇りを持っていた。だが、それをひけらかすような真似はしたくない。できれば、つけるのは警視庁本部内にいるときだけにとどめておきたかった。

　いや、それは本音ではない。実は、どこにいるときもつけていたいのだ。樋口は、そうしたものに人一倍こだわりを持つほうだった。

　しかし、所轄の刑事の中には、バッジに反感を抱いている者も少なくない。同じ刑事部の中にも、冷笑的に見ている者がいるかもしれない。

　バッジを外すことで、そうした人々との軋轢《あつれき》を避けられれば、それに越したことはないと考えているのだ。

　とにかく、樋口は争い事が嫌いだ。これでよく警察官がつとまると思う。争い事が嫌いだから、妥協もする。若い頃には、それが自分の一番の欠点だと思っていた。

　だが、不思議なもので、「俺が、俺が」の警察に入ってみると、樋口のような性格は協調性があるといって重宝がられた。

　前へ出て行くと、当然誰かとぶつかることになるので、常に一歩引いているようなところがあるのだが、それが冷静沈着だと評価された。

樋口自身は、そうした評価にいつも戸惑っていた。戸惑いながらも、気がついたら捜査一課の係長だ。

それはもちろん、誇らしいが、同時に重荷でもあった。

2

午前三時頃に世田谷署にやってきた。講堂に捜査員たちが集まる。

まだ、捜査本部の体裁は整っていない。それぞれにグループを作って情報交換をしている。

実は、捜査会議は形式的なもので、初動捜査直後の、こうした話し合いが最も重要なのだ。

捜査幹部によっては、捜査会議を開かない場合も増えてきた。情報を集約した管理官が直接捜査員たちに指示を出す。

これは、捜査本部というよりも、指揮本部や警備本部のやり方だ。指揮本部は、誘拐事件などの際に設けられる。警備本部は、大規模な催し物や、国際会議などが開かれるときの態勢だ。

どちらも、現在進行形の事案を扱う本部であり、即応性が求められる。

たしかに、捜査本部にも即応性は必要だ。だが、捜査は即応性だけではない。時にはじっくり筋を読むことも必要だ。

そして、刑事の捜査能力の向上を考慮しなければならない。そのためには、捜査員全員が情報を共有して、おのおのが考えて捜査に当たることが必要だ。

やはり、捜査会議は必要なのだと、樋口は思う。幸い、捜査一課長の田端守雄《たばたもりお》は、管理部門ではなく、刑事畑出身なので、昔ながらのやり方で、捜査本部を運営する。

樋口には、それがありがたかった。

それぞれの情報交換が終わったのが、明け方近くだった。だが、疲れている顔をしている捜査員はいない。

警察官は、寝不足に慣れている。もともと、樋口は、眠りが浅いほうなので、寝不足は辛《つら》かった。だが、長年刑事をやっている間に慣れてしまった。

不健康な生活だが、たいていの刑事経験者は、年を取っても元気だ。刑事の生活は長く続くわけではない。

現役は、せいぜい十年だ。短い者は、三、四年で別の部署に異動になる。キャリア組の管理職のほうが、圧倒的に体を壊すことが多い。

生活も不規則だが、何より精神的な重圧が大きいのだろう。

その点、現場にいる刑事は猟犬のようなものだ。獲物《えもの》を見つけたときは、一目散に走りだすが、それ以外のときは、けっこうマイペースだ。

世田谷署の小森係長が近づいてきて言った。

「今のうちに、少しでも休んでおいたほうがいい。柔道場に蒲団《ふとん》が敷いてある」

まだ椅子も机も運び込まれていないので、床に車座になって、話し合いを続けているグループもある。

樋口は、天童のほうを見た。天童も、床であぐらをかいている。

「管理官が休んでいないのに、寝るわけにはいかない」

樋口が言うと、小森はかぶりを振った。

「気遣いしていて、係長のあんたが倒れたりしたら、元も子もない。自分のペースでやらないと、もたないぞ」

おそらく小森の言うとおりだ。だが、そこで無理をしてしまうのが樋口だ。

「心遣いはありがたいが、俺はだいじょうぶだ」

小森はうなずいた。

「俺は、仮眠を取らせてもらう。明日も朝から道案内だからな」

捜査本部では、所轄と本部の捜査員が組むことが多い。所轄が地理や地域の事情に明るいことで、「道案内」などと言う本部の捜査員も少なくない。

樋口は言った。

「俺は道案内なんて思っていない。うちの係員たちもそうだ」

小森は苦笑した。

「わかってる。冗談だよ」

小森は、手を振って講堂を出て行った。

樋口は、聞き込みの結果について考えはじめた。

被害者の南田麻里は、たいていは朝方まで帰ってこないということだった。コンビニの店員が顔を覚えていた。時には、すっかり夜が明けてから帰ってくることもあったそうだ。

捜査員の一人がその報告を聞いて言った。

「水商売ですね」

おそらくそうだろうと、樋口も思った。だとしたら、怨恨というよりも、男女関係のもつれという線があり得る。

水商売の従業員は、いわば幻想を売る商売だ。勝手な思い込みをする客も少なくない。金が絡むこともある。男は、惚《ほ》れた女に無理して貢ごうとする。女のほうは、勝手に金品をくれただけだと言う。だが、男には下心がある。それでトラブルになるのだ。

ならば、鑑取りですぐに被疑者が割れるだろう。

樋口はそう思った。被疑者が割れれば、早期解決だ。

世間の人は意外に思うだろうが、多くの殺人事件は早期に解決する。長引いた事件が印象に残っているだけなのだ。

天童が立ち上がり、樋口に近づいてきた。

「ヒグっちゃん、俺は一休みさせてもらう。あんたも休んだらどうだ？」

その一言で、ほっとした。実は、ほんの少しでいいから横になりたいと思っていたのだ。

「そうさせてもらいます」

天童がどこで休むのか知らない。同じところで仮眠を取る気になれなかった。樋口は、駐車場に停《と》めてある自分の車に向かった。

シートを倒してゆったりと体を伸ばす。思わず吐息が洩れた。

午前八時に講堂に行くと、机や椅子が運び込まれている最中だった。窓際には四台の無線機が置かれた。そこが一番電波の入りがいいからだ。

昔は、大きなパソコンが数台持ち込まれたものだが、今は捜査員たちが各自のノートパソコンを持ち込む。

デスクの島ができており、そこが管理官席だ。大規模な捜査本部になると、複数の管理官が詰める。

だが、今回は、管理官はおそらく天童だけだ。管理官席には、樋口と小森が天童とともに座ることになるだろう。

捜査員たちは、長机に並んで座っている。正面にはひな壇。まだ捜査幹部たちの姿はない。

天童は、捜査会議を九時に設定していたが、それは、警視正以上になると全員が国家公務員となるからだ。

国家公務員の始業時刻が九時だから、その時刻にならないと出てこない捜査幹部もいる。

田端課長と世田谷署署長が警視正、刑事部長はその上の警視長。つまり、全員が国家公務員だ。

捜査を国家公務員の始業時間に合わせることはないし、もちろん、そんなことにこだわらない捜査幹部もいる。だが、朝九時の会議開始は妥当な線なのだ。

天童が言ったように、九時ちょうどに捜査幹部がやってきた。捜査員一同は、一斉に起立して捜査幹部を迎える。

捜査本部の長は、刑事部長がつとめる。だが、実際に部長が臨席することは稀《まれ》だ。捜査本部発足の際に、儀礼的に出席し、あとは課長や管理官が仕切る、というのが普通だ。

副本部長は、所轄署の署長だ。

会議の冒頭に、部長の挨拶があった。お約束の捜査員への叱咤《しった》激励だ。こういう挨拶は、短いほうがいい。部長はそれをよく心得ており、わずか三十秒ほどで終わった。

田端課長が言った。

「これまでにわかったことを報告してくれ」

天童管理官がこたえる。

「被害者は、南田麻里、二十三歳。職業は、現場付近のコンビニエンスストア店員の証言などから、風営法に関係する飲食店の従業員と推測されております」

田端課長が顔をしかめる。

「天さんや、回りくどい言い方はやめてくれ。つまり、水商売だろう？」

「勤務先等は、捜査中ですが、おそらくそうだと思います」

「被害者、ライターとか持っていなかったのかい？」

「ライター……？」

「クラブなんかなら、店のライターがあったりするだろう」

「最近は、そういうのはないみたいですよ」

「そうなのか？」

「例のチャイルドロック以来、使いにくくなったということで……。不景気でそういうものを店で作るのもままならないという事情もあるようですが……」

「まあ、天さんがそう言うのなら、間違いないな」

田端課長が言うとおり、天童は清濁を併せ呑《の》むタイプだ。仕事に関してはきわめて真面目だが、酒を飲むことも嫌いではない。いきおい、夜の世界もけっこう詳しい。

天童が説明を続けた。

「手口は、被害者の首に残った痕跡などから、扼殺と見られています。室内には、若干争った跡がありました。同じマンションの住人に聞き込みを行いましたが、まだ、物音や言い争う声を聞いたという証言はありません」

これは、珍しいことではない。

都心のマンションでは、住人同士の関わりが少ない。留守にしていることも多いし、ヘッドホンで音楽を聴いている場合も少なくない。

異常に気づかないことが多いのだ。それでも、聞き込みを続けていれば、必ず何かに気づいた人を見つけ出すことができる。

「防犯カメラは？」

田端課長が尋ねた。

「マンションには設置されておりませんでした。現在、付近の防犯カメラをリストアップしております」

「コンビニの店員が、顔を知っていたと言っていたな？　その店員は、被害者の知り合いとかも知っているんじゃないのか？」

「被害者が店に来るときは、一人だったと言っています」

田端課長が、思案顔で言った。

「自分の部屋で絞め殺されていたということは、顔見知りの犯行の可能性が高いな……」

「それも視野に入れております」

天童管理官の言葉に、田端課長はうなずいた。

「いずれにしろ、鑑取りが重要だ。おい、ヒグっちゃん、そのへん、よろしく頼むぜ」

　突然、名前を呼ばれて樋口は驚いた。即座に起立してこたえた。

「了解しました」

　田端課長が苦笑する。

「いちいち立たなくたっていいよ」

　もし、田端課長と二人だけだったらそうするかもしれない。だが、他の捜査員がいるところで、座ったまま課長に返事をすることなどできない。

　天童が言った。

「詳しい鑑識の報告などはまだです」

「まあ、そうだろうな……。司法解剖は？」

「私の判断で、代用検視にしました」

　本来なら、そういう判断も刑事部長か課長がする。だが、現場の判断というのも必要だ。

　田端はうなずいた。

「問題ないだろう。じゃあ、鑑識の報告を待つとするか。他に何かあるか？」

　課長は、捜査員一同を見て言った。誰も何も言わない。

田端課長は部長に尋ねた。

「以上でよろしいですか？」

部長は鷹揚《おうよう》にうなずいた。捜査会議が終わり、部長と署長が退出する。再び、捜査員一同が起立した。


田端課長は捜査本部に残り、天童と打ち合わせを始めた。

樋口は小森とともに、捜査員の班分けをしていた。樋口の係は、樋口を入れて十四名だ。警部補一人に、巡査部長と巡査がそれぞれ六名ずつだ。

世田谷署も刑事課を中心に同数をそろえてくれている。その他、捜査本部庶務や連絡係に若干名。捜査幹部を含めて四十人態勢の捜査本部だ。

実動部隊は、総勢二十数名。それを二人ずつの組にして、地取り、鑑取り、手口捜査などの班に振り分けていく。

班分けがほぼ終わる頃に、田端課長に呼ばれた。ひな壇の前に天童が立っていた。樋口は、その天童の脇で「気をつけ」をした。

田端課長が言った。

「おい、そうしゃちほこ張るなって、いつも言ってるだろう」

「すいません」

「まあ、それがおまえさんのいいところでもあるんだがな……」

樋口は、どうこたえていいかわからないので黙っていた。

課長が続けて言う。

「天さんも、ヒグっちゃんも、昨夜呼び出されてそのまま徹夜だろう。きついだろうが、殺人は起きてから二、三日が勝負だ。がんばってくれ」

「はい」

「天さんとも話していたんだがな、今回はおまえさんと小森係長は予備班だ。管理官席に座ってくれ」

これは予想していたことだ。わざわざ課長が言うまでもないと、思った。

「了解しました」

「そういう仕事にも慣れてもらわないと困る」

田端課長のこの言葉に、樋口は戸惑った。係長としての仕事には慣れているつもりだった。

それとも、まだ力不足だということだろうか。

「努力します」

「わかってねえなあ、ヒグっちゃんよ」

「は……？」

「おまえさんには、じきに管理官になってもらわなけりゃ困るということだよ」

「いえ、それには階級が足りません」

「なら、試験受けてもらうぜ。なあ、おまえさんは、係長で甘んじているタマじゃねえんだ」

「はあ……」

ここで気の利いたことの一つも言えればいいのだが……。

「まあいい。話はこれまでだ。さ、仕事にかかってくれ」

そのとき、電話が鳴った。連絡係がそれを受けてメモを取る。そのメモを、すぐさま天童に届けた。

メモを見るなり、天童は表情を曇らせた。

「ストーカー被害……」

その言葉を聞き留めた田端課長が言った。

「何だって？　ストーカー？」

天童が説明した。

「所轄の捜査員からの情報です。地域課と生安課に何か記録がないか調べたところ、被害者が、ストーカー被害の相談をしていることがわかりました」

田端課長も苦い表情になる。

天童も田端課長も、そのとき思ったことは、樋口と同じだろう。

またか、だ。

ストーカー被害の届けを出しながら、殺害されてしまったという事案が、過去に何度もある。

警察庁では、ストーカー被害に関して、充分な対応をするように、全国の警察本部に強く要請していた。

平成十二年五月には、「ストーカー行為等の規制等に関する法律」、いわゆるストーカー規制法が公布され、十一月に施行された。

それなのに、またストーカー絡みの殺人を未然に防ぐことができなかったとなれば、警視庁幹部の責任は免れない。

世田谷署署長の処分は確実だ。へたをすれば、警視総監のクビが飛ぶ。田端課長も無事では済まないかもしれない。

「面倒なことになったな……」

田端課長がつぶやいた。天童が言う。

「世田谷署の担当者を呼んで、話を聞きましょう」

田端課長がかぶりを振った。

「今さら、ストーカーへの対応を聞いたところでどうにもならん。不手際を叱責するより、この先のことを考えるんだ」

樋口が言った。

「まだ、そのストーカーが殺人犯と決まったわけではありません」

田端課長と天童が、同時に樋口のほうを見た。田端がうなずく。

「ヒグっちゃんが、そう言うとなぜか気が楽になる。そのとおりだ。捜査は始まったばかりだ。どっちにどう転ぶかわからない」

天童が言う。

「そうですね。事実関係の確認を急がないと……」

「ストーカーの名前はわかっているのか？」

「書類に記載があったそうです。樫田臨《かしだのぞむ》、三十三歳。会社員です。かしは、樹木の樫、田んぼの田、のぞむは、臨場の臨です」

ひな壇のそばに立っていたので、メモするものがなかった。樋口は、頭にその名前を刻んだ。

田端課長が言った。

「すぐにその人物の所在を確認しろ。身柄を引っぱって話を聞いてもいい」

天童と樋口は同時に言った。

「了解しました」

管理官席に戻ると、天童が言った。

「ヒグっちゃんは、鑑取り班に、樫田臨のことを知らせてくれ。住所を洗い出して、身柄を押さえる。小森さん、写真を入手したら、すぐに地取り班にそれを送ってくれ」

小森はすぐにこたえた。

「わかりました」

それから、小森は小声で樋口に言った。「えらいことになった。世田谷署は大騒ぎだ……」

樋口はこたえた。

「まずは、被疑者を特定することだ」

そう言いながら、もしまたストーカー殺人だったら、マスコミの追及も厳しいだろうと考えていた。

3

樋口は、鑑取り班と連絡を取り、樫田臨について知らせた。ストーカーの加害者となれば、鑑はきわめて濃い。

こうして、捜査本部に詰めていると、外に出て聞き込みに回りたくなる。肉体的には、聞き込みは辛い。刑事は、靴を年に何足もはきつぶすといわれている。

実際に、そんなに靴をだめにするわけではない。それほど歩き回るという比喩だ。

だから、ベテランになると捜査本部に残って情報整理をしたり、事情聴取や取り調べを担当するようになる。効率を考えても体力のある、より若い捜査員が外を回るのが合理的だ。

だが、樋口は、捜査本部に残っているのが気詰まりだった。

ひな壇には課長がいるし、管理官席に座るとなれば、それなりに責任を負わされることになる。

何より、先ほどの課長の言葉が気になっていた。

じきに、管理官になってもらわなければ困る、か……。

課長にそう言われるのは名誉なことだ。うれしくないわけではない。だが、樋口は、つい責任の重さを考えてしまう。

昇進試験も受けなければならない。いずれは昇進することも考えていたが、他人に急《せ》かされると急に気が重くなってくる。

いつまでも現場にはいられないんだ。

樋口は、思った。

組織は常に優秀な管理者を求めている。そして、要求があればこたえようとするのが樋口だった。課長が自分を必要としているのなら、その期待にこたえるよう努力しなければならない。

自分にそう言い聞かせることにした。

「樫田の所在がわかれば、この事案は片がつくかもしれないが……」

天童が、向かい側の席から樋口に話しかけた。表情が暗い。樋口はこたえた。

「また、マスコミに叩かれることになりますね」

「そういうことだな……。別に警察がヘマをやったわけじゃない。防犯の見地からは、ストーカーの被害者を守ることは大切だが、厳密に言えば、警察の役割ではない。なのに、マスコミは、まるで警察の不祥事のような言い方をするんだ」

天童が言っていることは間違いではない。だが、一般人が聞いたら腹を立てるかもしれない。

古今東西、警察の最大の任務は権力を擁護することだ。そのために、治安維持が重要になってくる。

だからこそ、公安は今でも警察の出世街道なのだ。原則的なことを言えば、公安と警備が警察の最も重要な部署なのだ。

刑事警察は、治安維持のごく一部を担っているに過ぎず、地域部の本来の役割は住民の監視なのだ。道案内や喧嘩《けんか》の仲裁などは、サービス業務に過ぎない。

ストーカー規制法ができてからは、警察の仕事となったのは間違いない。

だが、あくまで警察はストーカーを取り締まるのが任務であって、直接被害者を警護することなどできない。

被害者は、身の危険を感じるのなら、民間の警備保障会社などに依頼して警護してもらうしかない。

そのことを、一般の人々もマスコミもよく理解していない。だから、ストーカーが殺人を犯すと、マスコミは警察を攻撃する。

警察は、ストーカー行為に対して、やめるように警告を発する。それでも、行為が続くようならば、公安委員会が禁止命令を出すことができる。

それに違反したら、一年以下の懲役か百万円以下の罰金ということになる。

また、被害者がストーカーを告訴すれば、処罰することができる。六ヵ月以下の懲役か、五十万円以下の罰金刑だ。

重要なのは、ストーカーを処罰するには、公安委員会の禁止命令に違反するか、被害者の告訴が必要だということだ。

それがなければ、警察は何もできないのだ。それが原則だ。警察署では相談を受け付けているが、そういうことを説明するしかない。

「被害者は、樫田を告訴していたわけではないのですね？」

「告訴はしていない」

「公安委員会の禁止命令は？」

「まだ出ていない。警察署長の警告の段階だ」

「ならば、警察に落ち度はないわけですが……」

「そういうことだ。だが、世間やマスコミは、そうは見ない」

樋口はうなずいた。

「そうですね。でも、それだけ警察を頼りにしているということでしょう」

「ヒグっちゃんらしい考え方だ」

「私らしい？」

「いつも物事のいい面を見ようとしている」

「そんなことはありません」

「自分で気づいていないだけだろう」

樋口は、話を戻すことにした。

「厳密に言うと、警察に落ち度はない。しかし、世間の眼を考えて、上層部は処分を考えるかもしれない。そういうことでしょうか……」

「樫田が殺人の被疑者ということになると、ストーカー相談を受けていた世田谷署は、責任を問われることになるな」

樋口の隣で、小森係長が小さく咳払《せきばら》いをした。樋口は、彼を見た。緊張した面持ちだった。

彼は自分にも累が及ぶかもしれないと考えているのだろうか。ストーカー対策は生活安全課が担当している。だから、刑事課の小森が責任を問われることはないだろう。

そう言ってやろうかと思ったが、余計なことだと考え直した。

それくらいのことは、小森だってわかっているはずだ。彼は、同じ署の同僚や上司のことを気づかっているに違いない。

「さっき、ヒグっちゃんが言ったとおり、まだ殺人犯が樫田だと決まったわけではない」

天童が言った。「とにかく、被疑者の情報を集めることだ」

樋口はこたえた。

「そうですね」

天童のもとには、次々とメモが届けられる。捜査員が重要な情報だと判断したら、捜査会議を待たずに、電話で報告する。そうした情報がメモで届けられるのだ。

最新のメモを見て、天童が言った。

「路上防犯カメラの位置が確認された。現場マンションの前の路地に一台あったということだ」

樋口は尋ねた。

「映像は？」

「今、捜査員がチェックしている。容疑者の割り出しに使えるかもしれない」

「遺体の発見者は、女性の友人だということでしたね？」

機動捜査隊がその友人から話を聞いたということだった。近所に住んでいる飲み仲間だという。三軒茶屋あたりのスナックで朝方まで飲むことがあったらしい。知り合ったのもそうしたスナックだったそうだ。

名前は、石田真奈美《いしだまなみ》、年齢は二十八歳。三軒茶屋の美容院に勤めている。

その石田真奈美は、被害者の南田麻里が、水商売をやっていることは知っていたが、店の名前等は知らなかったと証言していた。

昨夜は、南田麻里の部屋で酒を飲もうという話になっており、訪ねたところ、彼女が倒れていたらしい。部屋の鍵は開いていたということだ。

天童が言った。

「その友人、石田真奈美が、被害者と電話で話をしたのが、午後九時頃。遺体発見が、十一時頃だから、犯行時間は、その間ということになる」

それは、捜査会議で発表されたことだ。樋口は尋ねた。

「南田麻里は、水商売でしたよね。待ち合わせの時間が早いような気がしますが……」

「石田真奈美の休みに合わせて、店を休んだらしい。石田真奈美は、美容院勤めなので、翌日の火曜日は休みだ」

当然、遺体の発見者は、疑ってかからなければならない。機捜隊員によると、特に疑わしい点はなかったということだが、鑑取り班が、詳しく調べるはずだ。

鑑識や代用検視の詳しい報告はまだ届かない。指紋や微物鑑定の結果から何かわかるかもしれない。

午後になると、課長がいったん本部庁舎に引きあげた。夜の捜査会議までには戻ると言っていた。

どんな組織でもそうだが、重しが取り去られると、雰囲気が弛《たる》むものだ。捜査本部も例外ではない。幹部が席を外すと、ほっとした空気が流れる。

樋口自身もそれを感じていた。係長の樋口にとっても課長は、はるか上の存在だ。係長の上には管理官がおり、その上には理事官がいる。課長はその上なのだ。

しばらくは落ち着いて、情報の整理分析を行えると思った。幹部がいると、何かと気を使わなければならない。

思いつきで指示を出すこともある。捜査員は、理不尽だと思っても、それに従わなければならない。

明らかに間違った指示も、たまにはある。そうした場合、管理官や係長がやんわりと誤りを指摘して、撤回させなければならない。

では、幹部は必要ないのかというと、決してそうではない。部長名の通達や依頼などは圧倒的な力があるし、他県警への協力要請も、幹部に頼る必要がある。

どんなものでも、役に立たないものはない。ただ、うまく運用するためには誰かが苦労をしなければならない。つまり、幹部と捜査員の間に入る者が必要で、それが管理官や係長の役目なのだ。

午後は、慌ただしい捜査本部にも、倦怠《けんたい》の波がやってくる。昼食をとった後は、どうしても睡魔が忍び寄ってくるのだ。樋口も、昨夜は三時間ほどしか寝ていないので、食後、ひどく眠くなっていた。

「樋口係長、お電話です」

連絡係にそう告げられて、眠気が去った。樋口は近くの受話器を取った。

「はい、樋口」

鑑取り班からの報告だった。

「樫田臨ですが、伝えられた住所には現在住んでいませんね」

「その住所は、ストーカー相談の際に記載されていたもののはずだが……」

「引っ越したようですね」

「その後の所在は？」

「今、調べていますが、近所の人は引っ越し先を知らないようです。不動産屋にも当たってみましたが、空振りです」

「住所はたしか、三鷹市だったな？」

「はい」

「市役所は？」

「転出届も、住所変更届も提出されていません」

「樫田臨の交友関係を当たって、所在の確認を急いでくれ」

「了解しました」

受話器を置くと、小森が声をかけてきた。

「どうした？」

「捜査員が樫田臨の住所を訪ねたが、すでに引っ越した後のようだ」

それを聞いた天童が言った。

「その後の所在は？」

「今、まだつかめていません」

「行方をくらましたということか……」

「その恐れもあります」

「あるいは……」

小森が言った。「都会で一人暮らしの場合、転居の届けを出さずに移転を繰り返す者も少なくない」

　天童が顔をしかめる。

「学生とかならいざ知らず、社会人なら役所から税金やら年金やらの通知が届かないとなると問題だろう」

「若い世代では、定職に就いていない者も少なくないですからね」

　小森が言う。「税金も年金も払えないんだから、通知が来ても来なくても関係ないんですよ」

　天童が樋口に言った。

「たしか、樫田臨は会社員だということだったな。会社のほうに問い合わせてみたらどうだ？」

「鑑取り班がやっているはずです」

　天童がうなずいた。

「知らせを待とう」

　その知らせは、ほどなくやってきた。鑑取り班からの電話だ。

「はい、樋口」

「樫田臨は会社員だということですが、現在は勤務していません」

「どういうことだ？」

「会社は実在しています。しかし、そこで聞いたところによると、現在、樫田臨という名前の社員はおりませんでした」

「会社を辞めているということか？」

「そういうことになります」

「わかった。樫田の行方を追ってくれ」

電話を切ると、樋口は天童に報告した。天童は、表情を曇らせる。

「住処《すみか》もわからない。会社も辞めている……。これは、いよいよ鑑が濃くなってきたな……」

「捜査会議を待たずに、課長に知らせておいたほうがいいかもしれません」

「わかった。俺が報告する」

「警察記録に、嘘の記載があったということになりますね」

その言葉に、小森が反応した。

「相談の場合、いちいち確認は取りませんからね……」

樋口は、しまったと思った。小森は、今、神経質になっている。ストーカー被害の相談への対応が適切だったかどうか、これから世田谷署が各方面から追及されることになるかもしれない。

樋口は言った。

「相談の受理の際に落ち度があったとか、そういうことじゃない。一般的な話をしたまでだ。被害の相談の場合、相談人が言ったことを、そのまま記載するのが普通だ」

小森は曖昧にうなずいた。

「わかってる。気にしないでくれ」

そう言われても、樋口はつい気にしてしまう。小森が機嫌を損ねたとしても、捜査本部としては何の支障もない。それはわかっているのだが、自分の発言で他人が不愉快になること自体が嫌なのだ。

樋口は話題を変えることにした。

「南田麻里と樫田臨は、どこで知り合ったのでしたっけ？」

天童は、手元の資料やメモを確認した。

「それについての報告はなかったな。ストーカー被害の相談を受けた担当者に詳しく訊《き》いてみる必要がある」

樋口は小森に言った。

「話を聞いてみてくれないか？」

「ストーカー対策の担当者に連絡してみる」

小森はすぐに受話器を取った。

世田谷署のことは、小森に任せたほうがいいだろうと判断したのだ。警視庁本部の者が話を聞きたいというと、恫喝《どうかつ》されると勘違いされる恐れがある。

今頃、担当者はかなり神経質になっているはずだ。

電話を切ると、小森が立ち上がって天童に言った。

「ちょっと話を聞いてきます」

「生安課か？」

「はい。それと、最初に話を聞いた地域課の係員も探し出します」

「頼む」

小森が出て行くと、天童が言った。

「住所も勤務先も不明……。樫田の犯行と見ていいだろうな……」

「早く所在を確認する必要があると思います。ストーカー殺人で、被疑者が自殺したというケースもありますから……」

「その懸念はおおいにあるな。課長に電話してみる」

上との折衝は、天童に任せておけばいい。そのための管理官だ。樋口は、自分のやるべきことだけに集中しようとした。

電話を切ると、天童が言った。

「課長は、できるだけ早くこちらに来ると言っていた」

「それまでに、樫田の所在がつかめるといいのですが……」

「そうだな……」

一時間ほどして、小森が戻ってきた。

「南田麻里は、渋谷のキャバクラで働いており、樫田臨とは、その店で知り合ったようです。樫田が客として店にやってきたのですね」

「キャバクラ嬢に対するストーカーか……」

天童は顔をしかめた。「どうして、遊びだと割り切れないのかねえ……。粋な遊びをするやつが少なくなったな」

天童らしいコメントだと、樋口は思った。

小森が言った。

「顔写真を入手しました」

「禁止命令も告訴もないのに、写真があったのか？」

「生安の担当者が、パトロールをするに当たって写真があれば役に立つと考えて、南田麻里に任意で提出してもらったそうです」

「そいつは機転が利くじゃないか。写真はどこだ？」

小森は携帯電話を掲げた。

「この中です。管理官にもデータをお送りしましょうか？」

「そういう時代だよな」

天童は言った。「データはいい。紙焼きでくれ」

「了解しました」

携帯電話やスマートフォンは、画像が保存できたり送信できたりと、たいへん便利だ。一般人にとって便利なものは、捜査にも役立つ。警察も、携帯電話やスマートフォンをおおいに活用している。

その一方で、かたくなに昔ながらの記録法にこだわる捜査員は少なくない。警察は、役所だし、法律関係の書類も必要だ。今ではずいぶんと書類の書式も変わったが、変わらない部分も多い。

特に、裁判所で採用される証拠においては、電子データはまだ微妙な扱いだ。

年齢だけではくくれないが、やはり高年齢になればなるほど、パソコンやスマートフォンを苦手だという者が増える。天童もその一人だった。

被疑者は、樫田で決まりだろう。

だとしたら、世田谷署のストーカー被害の扱いが問題視されるのは避けられない。被疑者は、いずれ確保されるだろう。だが、今回の事案は、捜査以外でいろいろと面倒なことがありそうだ。

樋口は、そんなことを思っていた。

4

午後三時過ぎに、田端捜査一課長が戻ってきた。部屋にいた捜査員や係員は全員起立で課長を迎える。

樋口も起立していた。

課長は、一人の若い女性を伴っていた。その女性は、ひな壇に着席した。課長の隣で、一番端の席だ。

何者だろう。その場にいた全員が、その女性のことを気にしていた。

「ちょっと来てくれ」

田端課長が、管理官席に向かって声をかけた。

天童が立ち上がり、ひな壇に近づく。田端課長がさらに言った。

「ヒグっちゃんたちもだ」

樋口と小森は顔を見合ってから立ち上がり、天童に続いた。

課長の前に三人が並んで立った。

「捜査会議で捜査員たちには紹介するが、事前に、あんたらに紹介しておいたほうがいいだろう」

田端課長は、隣の女性を見て言った。「警察庁刑事局刑事企画課の小泉蘭子《こいずみらんこ》刑事指導官だ」

女性が立ち上がった。

長身だ。百七十センチはあるだろうか。細身だが引き締まったいい体格をしている。その体つき同様に表情も引き締まっている。

「小泉です。よろしくお願いします」

天童は、戸惑った顔をしている。小森は、何のことか理解できない様子だ。

樋口も似たようなものだった。

警察庁からやってきた若い女性。キャリアの研修か何かだろうか。

三人は、無言で田端課長の説明を待った。

「天さんたちも、すでに承知のことと思う。今回の事案は、ちょっと特別な意味合いがある。過去にも何度か起きたことだが、ストーカーの被害者が、殺人の被害者となった。起きてはならないことだった」

天童が言った。

「殺人は、どんな場合だって起きてはならないんですよ」

課長にこんなことが言えるのは、天童くらいだろうと、樋口は思った。

田端は気にしない様子で続けた。

「ストーカー被害については、警察も重要視して、適切に対応するように努めている。しかし、ストーカーがエスカレートして殺人事件に発展する事例が後を絶たない。そこで、警察庁では、事態を重く見て、特別にこの捜査本部に刑事指導官を置くことにした」

「はあ……」

天童がつぶやいた。

訳がわからないという顔つきだ。樋口にもわからなかった。警察庁の役人が、捜査本部で何をしようというのだろう。

捜査権はない。拳銃も手錠も持っていない。現場のことも知らないだろう。

捜査本部で何ができるというのか。

田端課長がさらに言った。

「刑事指導官殿は、捜査が適切に行われているかどうかを判断され、さらに捜査についてのアドバイスをされる」

「アドバイス……？」

天童が言った。「それは、捜査のやり方についてご指導くださるということですか？」

小泉蘭子刑事指導官が言った。

「実際の捜査について、私がああだこうだと申し上げることはないでしょう。私などより、皆さんのほうがずっと慣れておいでだし、知識も経験も豊富だと思います」

天童は、戸惑った表情のまま、彼女に尋ねた。

「では、何をアドバイスされるとおっしゃるのですか？」

「時代は変わり、経験則だけでは測れない事柄も増えてきます。私はストーカーの現状や被害女性の心理、心情について詳しく研究をしております。さらに、ストーカーの社会的な意味合いについてもお話しできると思います」

「はあ……」

天童が言った。「それはためになりますな」

天童は、皮肉に聞こえないように気をつけたようだが、それは無理な話だった。

田端課長が言った。

「特別なケースなので、戸惑う捜査員たちも多いだろう。そういう捜査員にちゃんと説明するのが、あんたら三人の役割だ。わかったな？」

天童が樋口の顔を見た。なぜ、自分のほうを見たのかわからなかった。

天童が田端課長に言った。

「了解しました。そういうことは、ヒグっちゃんが得意ですから、心配ないでしょう」

樋口はうろたえた。

冗談じゃない。俺自身が、何のために彼女が警察庁からやってきたのか理解できていないのに、どうやって捜査員たちに説明しろというのか……。

だが、樋口はその気持ちを表に出すことはなかった。

田端課長が、天童の言葉にうなずいて、樋口を見た。

「そうだな。ヒグっちゃん、頼むぞ」

「はい」

そうこたえるしかない。

田端課長は、樋口に言った。

「夜の捜査会議までは、刑事指導官殿には、幹部席に座っていただく。その後は、あんたらと同じく管理官席に移動していただこうと思う。ヒグっちゃん、当面彼女に付いてさしあげろ」

面倒を見ろということだ。迷惑な話だと思ったが、もちろんそれも顔に出すことはできない。

「了解しました」

小泉刑事指導官が頭を下げた。

「よろしくお願いします」

話は終わりのようだ。天童が田端課長に礼をして席に戻る。樋口と小森もそれにならった。

席に戻ると、小森がそっと樋口に言った。

「刑事指導官て何だ？」

「知らない。俺も初めて聞いた」

二人のひそひそ話が聞こえたのだろう。天童が言った。

「警察庁刑事局刑事企画課に、刑事指導室というのがある。そこから来たんだろう」

小森が尋ねる。

「官というからには、管理官のように警視ですかね？」

「いや、警察庁の役職には、警視庁ほど厳密な区分はないようだ。だが、キャリアだろうから、あの年でも警部か警視だろうな」

小森は無言で肩をすくめた。

樋口は、幹部席の小泉刑事指導官をちらりと見た。娘の照美とそれほど年が違わないように見える。おそらく五歳と離れていないだろう。それなのに、樋口と同じか上の階級だ。

キャリアと関わるたびに複雑な気持ちになる。

「役得だな」

小森がにやにやして言った。

樋口は驚いた。

「役得……？」

「若くて美人じゃないか」

美人……。そうだろうか。

樋口は、改めて彼女を見た。

言われてみると、たしかに美人だ。今時の若者の特徴なのか、顔が小さくてスタイルがいい。

だが、美人かどうかなど考える余裕はなかった。

若い女性キャリアに、反感を抱く捜査員も少なくないはずだ。それをなだめ、もし何か軋轢が生じるようなら、それを解消する役目を負わされたということなのだ。

ひどく重苦しい気分になった。

樋口は、小森に言った。

「だったら、代わってやってもいいぞ」

「とんでもない。課長のご指名じゃないか。それに、俺には女キャリアのお守《も》りなんて無理だよ」

俺にだって無理だ。

樋口は、心の中でつぶやいた。


午後八時が上がりの時間と決められていた。七時を過ぎた頃から、捜査員たちが戻りはじめた。

その時刻になっても、樫田の行方はわからなかった。

殺害後、遠くへ逃亡したということも考えられる。いわゆる高飛びだ。最悪の場合は、自殺しているということも考えられる。

実際に過去にそういう事案があった。

午後八時から、夜の捜査会議が始まる。刑事部長は欠席で、世田谷署署長が臨席した。

鑑識の詳しい報告で会議が始まった。

「部屋の中に足跡はなく、玄関のコンクリート部分で足跡は途絶えています。つまり、犯人は、土足で部屋に侵入したわけではないということがわかります」

田端課長が質問した。

「殺人犯が靴を脱いで部屋に入ったということか？」

「足跡は、それを物語っています。指紋については、かなり多量に採取されましたが、大半が被害者のものでした。被害者以外の指紋については照合を行っていますが、まだ、マッチしたものは見つかっていません」

再び田端課長の質問。

「樫田の指紋は残っていないのか？」

世田谷署の捜査員が起立してこたえた。

「警察署の警告の段階でしたので、樫田の指紋をとってはいませんでした。住居や勤務先が不明なので、指紋を採取することもできません」

「じゃあ、現場に残っていた指紋が、樫田のものかどうか、今のところ確かめようがないということだな？」

鑑識係員がこたえた。

「そういうことですね」

「続けてくれ」

「毛髪や体毛、衣類の繊維など多数の微物を採取しており、現在鑑定中です」

「現時点で何かわかったことはないのか？」

「男性の毛髪や体毛も発見されておりますが、それが犯人のものかどうかは明らかになっておりません」

「性交渉の痕跡はなかったんだな？」

「ありませんでした。したがって、体液からＤＮＡを特定することもできておりません」

田端課長は考え込んだ。

「毛髪も体毛も、指紋と同じ理由で、樫田のものと特定することができないというわけか……」

鑑識係員は、そのつぶやきに対しては何もこたえなかった。田端課長が尋ねた。

「殺害の方法についてはどうだ？」

「それについては、検視官から報告があります」

検視官が立ち上がった。

検視官は、刑事調査官とも呼ばれる。捜査経験が豊かで、法医学の講習を受けた警視以上の者が、その任に就く。

まさにベテラン捜査員という風格の検視官が言った。

「まず溢血点《いっけつ》が見られることで、窒息死と判断した。外部所見で、頸部《けいぶ》に圧迫痕ならびに小さな擦過創、切創が見られたことから、手による圧迫が死因と断定した。擦過創、切創は、被害者が抵抗した際についたものと思われる。いわゆる吉川《よしかわ》線の一種だ。死亡推定時刻は、夜の九時から十一時の間。これは、遺体の発見者の通報や駆けつけた所轄地域課の係員の証言などとも一致している。以上だ」

田端課長が検視官に言った。

「相変わらず、おまえさんの口上は堅っ苦しいね。つまり、扼殺だってことだろう？」

「そういうことで間違いない」

「死亡推定時刻は、もっと絞れないのかい？」

「十時」

「お、本当か？」

「……と、俺は読んでいるが、断言はできない。だから、報告書には幅を持たせてある」

「断言できないが、その可能性が高いということだな？」

「法医学教室で最新の分析をすれば断言できるかもしれない」

「十時頃と判断した根拠は？」

「経験則だ」

「なるほど……」

犯行時刻が十時頃という蓋然性は高い。遺体の発見者である石田真奈美が被害者と電話で話をしたのが、九時頃。そして、遺体を発見したのが十一時頃だ。

天童が、樫田臨について報告した。捜査員たちは、難しい顔でその説明を聞いていた。

樫田が被疑者であることの意味を、みんな知っている。

ストーカーの被害者が、また殺害された。マスコミによる警察バッシングが始まる。

世田谷署は、どうしてちゃんとした対応をしなかったのだ。そう思っている捜査員が、この中にもいるはずだ。

樋口もそう思っていた。

天童の報告が終わると、田端課長が言った。

「現時点では、樫田が被疑者と考えていいだろう。全力で樫田の行方を追うんだ」

世田谷署署長は、無言のままだ。彼は責任を感じているのだろうか。あるいは、非難されることを恐れて、発言をひかえているのだろう。

天童が、課長に尋ねた。

「逮捕状は請求しますか？　そうすれば、指名手配もできますが……」

「まだ早い」

田端課長がこたえた。「樫田が犯人でない可能性もある。まずは、所在を確認することだ」

「了解しました」

それから、地取り班、鑑取り班から、それぞれ報告があったが、めぼしい情報はない。

捜査員の報告が終わると、田端課長が言った。

「みんなに紹介しておく。こちら、警察庁からいらした小泉刑事指導官だ。ストーカー犯罪の事例にお詳しいということだ」

彼女が立ち上がった。

「小泉です。よろしくお願いします」

捜査員の間で、ひそひそと囁《ささや》きがかわされた。

天童が言った。

「何か発言したい者は、挙手をするように」

誰も手を挙げようとしない。

田端課長が説明した。

「警察庁も、今回の事態を重く見ている。ストーカー行為を厳格に取り締まる方針を立てたことは、みんなも承知していると思う。ストーカー殺人など、二度と起こしてはならない。そういう強い意志を持って捜査に臨まなければならない。小泉刑事指導官は、それを徹底するために、警察庁からいらした。彼女には、捜査に協力していただく。何か質問は？」

質問はなかった。

誰もが、質問したいに違いない。だが、何をどう質問していいのかわからないのだ。

樋口も同様だった。

天童が言った。

「質問がなければ、これで会議を終了する」

世田谷署署長と田端課長が立ち上がった。

捜査員一同が起立して、彼らが出て行くのを見送った。


小泉刑事指導官が、管理官席と呼ばれている机の島に移動してきた。天童の隣の席で、小森の向かい側になる。

彼女の行動を、部屋に残っている捜査員たちが見守っている。

天童が、小泉に言った。

「何か質問事項があれば、樋口に言ってくれ」

小泉が樋口に礼をした。

「よろしくお願いします」

樋口はこたえた。

「私は、何をすればよろしいのですか？」

「は……？」

小泉がきょとんとした顔で樋口を見る。

「警察庁の方が、捜査本部にいらっしゃるというのは異例のことです。正直に言って、我々は戸惑っています」

「ご心配なく。私は捜査そのものには口出しはしません」

「しかし、指導にいらしたわけでしょう？」

「捜査方法について指導するわけではありません。警察庁の方針を徹底させる、という意味の指導です」

「ストーカー殺人を二度と起きないようにするという方針ですか？　しかし、それは捜査本部の役割ではありません。私たちは、あくまで今回の殺人事件の被疑者を特定して身柄確保するのが役割です」

「よくわかっています。私のことは、マスコミ対策だと思っていただいてけっこうです」

「マスコミ対策……？」

「今回の事案には、マスコミも注目しています。警察は、今までとは違う対応をしているところを見せなければなりません。つまり、ストーカー犯罪に対して、厳しい態度で臨んでいるということを、折に触れてアピールする必要があるのです」

「つまり、あなたが、マスコミに対するアピールになるということですか？」

「効果的だと思います。私は女性の立場で、ストーカー被害について語ることができます」

小泉と樋口のやり取りを聞いていた天童が言った。

「それで、具体的には、あなたは何をするんだね？」

「必要ならアドバイスをします」

「必要でなかったら？」

天童のこの言葉に、小泉はほほえんだ。

「何もしません」

「それは本当だね？」

「私たちには、捜査に口出しする資格はありません」

「その言葉を忘れないでいてくれると助かるな」

天童は、小泉を警戒している。捜査への横槍《よこやり》は真っ平だと考えているのだろう。樋口も同じだった。

小泉に捜査経験があるとは思えない。ストーカーについては詳しいかもしれないが、おそらくはデータをもとにした理論や聞きかじりの知識だろう。それが現場で役に立つとは思えない。

警察官は、みんな多忙だ。複数の事案をかかえて、あっぷあっぷなのだ。そういう状態で、ストーカー被害の届けや相談に対処しなければならない。

言い訳に聞こえるかもしれないが、それが事実なのだ。彼女に、その実態が理解できるだろうか。そして、理解した後に、彼女はそれについてどう考えるのだろうか。

小泉が言った。

「被害者と樫田という男の関係について、詳しく教えていただけますか？」

樋口はうなずいた。

「現時点でわかっている事実は限られますが……」

役得だって……。樋口は、ちらりと隣の小森を見て思った。面倒事を押しつけられただけだ。

樋口はそんなことを思っていた。

5

「被害者の南田麻里は、渋谷のキャバクラで働いていました」

樋口は説明を始めた。「樫田臨は、そのキャバクラの客だったらしい。店で知り合った後に、ストーカー行為を始めたということです」

小泉蘭子は、唇を軽く咬《か》んでメモを取っていた。

樋口の説明が途絶えたので、彼女は顔を上げた。

「それから……？」

「今、わかっている事実はそれだけです」

「ストーカー行為というのは、具体的にはどういうことだったのですか？」

樋口は小森を見た。小森は、うなずいてから言った。

「ストーカー対策の担当者から、俺が話を聞きました」

小森が言った。「よければ、俺から説明しますが……」

小泉が小森に言う。

「お願いします」

「最初は、電話。それからメール。電話に出なくなったらメールが毎日来るようになった……。日に一回だったのが、無視しているうちに、日に何度も来るようになったそうです。その後は、他の客とアフターに行った先に現れたり、自宅近くで待ち伏せをされたこともあったそうです」

アフターというのは、店の営業時間後に、ホステスが客に付き合うことをいう。

「アフターはプライベートな時間なんですよね？」

「客はそう思っているかもしれませんが、ホステスにしてみれば営業時間ですよ」

「なるほど……」

小森が、溜め息まじりに言う。

「しかし、ナンですね……。店に行けば被害者の南田麻里に会えるし、いっしょに酒も飲める。話だってできるのに、なんでストーカーになったりするんですかね……」

小泉が事務的な口調でこたえた。

「それで満足できる人はストーカーになる確率は低いですね。ストーカーになる人は、独占欲が強いんです。ホステスさんは、お店で他のお客さんともお話をするでしょう？それが我慢ならないと感じるのです」

「だからさ……」

天童が言った。「それが粋じゃないっていうんだよ。遊び方がわからないやつは、キャバクラなんかに行かなけりゃいいんだ」

この場には不適切な発言かもしれないと、樋口は思った。そっと小泉の表情をうかがう。小泉は、まったく意に介さない様子で言った。

「粋というのは、属している社会の約束事に自分を合わせられることをいうのだと思います。つまり、自制できるということです。それにはある程度のトレーニングが必要です。そうしたトレーニングを経験したことのない人々は、自分の感情をコントロールすることが難しいのです」

トレーニングの問題なのだろうか。

樋口は思った。生まれつきの性格も影響するだろう。

つい、自分の性格を考えてしまう。ストーカーになる要素は充分にあると思った。他人はそうは思わないかもしれないが、独占欲は強いほうかもしれないと思う。

小森が尋ねた。

「昔、『まちぶせ』という歌があったな……。今だと、待ち伏せもストーカー行為になるんでしょうね？」

「待ち伏せされた側が、迷惑だと感じたり、恐怖を味わえば、それはストーカー行為と見なされます」

「被害者がどう感じるかが問題なわけですね？」

「それが判断基準になります。そうでないと、恋愛行動の多くがストーカー行為と見なされかねません」

それは当然のことだと、樋口は思った。告白をしようと待ち伏せただけでストーカー扱いされては、たまったものではない。

天童が小泉に言った。

「我々は捜査本部に詰めますが、あなたはそろそろ帰宅されたほうがいいでしょう」

樋口は時計を見た。午後九時半を過ぎている。

小泉がこたえた。

「私も泊まり込む覚悟で参ったのですが……」

天童が樋口のほうを見た。

おまえが面倒を見るように言われたのだから、おまえが判断しろということだろう。

樋口は小泉に言った。

「その必要はないと思います。明日の朝の捜査会議は……」

天童が補足する。

「今日と同じく午前九時だ」

それを受けて、樋口は続けた。

「それまでに来ていただければけっこうです」

「わかりました」

小泉は、素直に帰り支度を始めた。「それでは、お先に失礼します」

彼女が立ち上がると、部屋に残っていた捜査員たちが、注目した。幹部の入室時と退室時には、起立する。彼女の場合、どうしていいのかわからないのだろう。

樋口も同様だった。

天童が座ったままだったので、樋口もそうした。捜査員たちは、それを見て対応を決めたようだ。誰も立ち上がらない。それでいいと、樋口は思った。

小泉がいなくなると、樋口はほっとした。幹部が退席したときとはまた違った安堵《あんど》感だった。

小森は、「女キャリアのお守り」と言ったが、まさにそんな気分だった。

「どうも、調子が狂うな……」

天童が言った。「普通の女性警官でも気を使うのに、女性のキャリアときている……」

同感だったが、ここで同調するわけにはいかない。

「ジェンダーは関係ありません。小泉さんは専門家だというのですから、判断に困るようなことがあれば、アドバイスを求める。それでいいと思います」

天童は、にっと笑った。

「やっぱり、課長が彼女をヒグっちゃんに預けたのは正しかったな」

「そうですか？」

「俺なら、反発しちまうよ。あんな小娘に、ってな……」

「それは、彼女の前では禁句ですよ」

「わかってるよ」

管理官席の三人は、夜間には交替で休憩を取ることになっていた。まず、十時過ぎに天童が仮眠を取りに行った。

樋口はその次だった。おそらく一時頃から三時間ほど眠れるだろう。それまでに、少しでも捜査が進展すればいいが、と思った。


午前一時から午前四時頃まで眠り、小森と交替した。外はまだ暗い。こんな時間でも、働いている捜査員がいる。

樋口は天童に尋ねた。

「その後、何か……？」

「取り立てて、これという報告はないな……」

そうだろうなと、樋口は思った。

特別なことがあれば、天童のほうから言ってくるはずだ。

午前七時頃に、仮眠を取っていた小森がやってきた。小森も、天童に樋口と同じことを尋ねた。挨拶のようなものだ。

捜査会議までは何もないだろうと思っていると、午前八時十五分に携帯電話が振動した。

「はい、樋口、氏家《うじいえ》か？　久しぶりだな」

「知らせたいことが二つある」

挨拶も抜きにそう言った。氏家らしいと、樋口は思った。

氏家譲《ゆずる》は、樋口より二つ年下の警部補だ。かつて、荻窪署の生活安全課少年係にいたが、一年前に警視庁本部の生活安全部に異動になった。

荻窪署時代の功績が認められたのだろう。今も少年事案を扱う少年事件課にいる。少年事件第三係の捜査員だ。

「知らせたいこと？」

「まずは、あんたが手がけている殺人に関してだ」

氏家は、年齢も階級も下だが、樋口には敬語は使わない。そのほうがいいと、樋口も思っている。

これまで、何度も氏家には世話になっている。これからもそうだろう。個人的にも馬が合うと感じている。

「こっちの事案についての情報？」

樋口の言葉に、天童と小森が同時に反応した。彼らは、樋口の顔を見た。

「被害者についての情報だ。被害者の名前は、南田麻里。年齢は二十三歳。間違いないな？」

「間違いない」

「ストーカー被害で、世田谷署に相談をしていた。そうだな？」

「そうだ」

「ストーカーだけじゃないんだ」

樋口は、氏家が何を言っているのか理解できなかった。

「どういうことだ？」

「彼女は、痴漢の被害にもあったことがある」

「それは気の毒だが、女性なら珍しいことではないだろう」

「加害者は告訴されて有罪になった」

「それが、どうかしたのか？」

「別に、それだけのことだ」

「ちょっと待て。ストーカー被害にあっていた女性が、過去に痴漢の被害にもあっていた。ただそれだけのことだろう」

「まあ、そうだ」

「それに、何か意味があるのか？」

「被害者は、男を惑わすような魅力があったのかもしれない」

「そんなことが言いたくて電話してきたのか？」

「あんたが気にならないというのなら、それでいい」

「奥歯にものが狭まったような言い方だな。何か言いたいことがあるなら、はっきり言ったらどうだ？」

「言いたいことは今言った。あんたが気にならないというのならそれでいい、ってね」

「別に気にするほどのことではないと思う。ストーカーが行方をくらましている。今、一番気になるのは、そいつの行方なんだ」

「わかった。じゃあこの話は終わりだ」

「もう一つは何だ？」

「脅迫メールの件だ。公立高校や中学に、『襲撃をかける』とか、『爆弾を仕掛ける』などといった脅迫メールが連続して届けられた。その発信源についての分析が上がってきている」

「脅迫なら、刑事部の仕事じゃないのか？」

「生安にはサイバー犯罪対策課があるんだ」

なるほど、脅迫状ならば刑事の仕事だが、脅迫メールとなると普通の捜査では対処できない。

サイバー犯罪対策課の仕事ということになるのか……。

「だが、あんたは少年犯罪の係だろう？」

「メールの発信源と思われるリストの中には、少年も含まれているので、俺たちにも資料が回ってきたというわけだ」

「その脅迫メールが、こっちの事案と何か関係があるというのか？」

「いや、関係ない」

「おい、言っていることがさっぱりわからないんだが……」

「あんたが担当している事案とは関係がない。だが、あんたとは関係がある」

樋口は苛立《いらだ》ちを覚えた。寝不足で気分がすぐれないせいもある。

「何をもったいぶっているんだ？」

氏家が言った。

「リストの中に、樋口照美という名前がある」

一瞬、何を言われたのかわからなかった。

しばらく頭の中で、氏家が言った言葉を反芻《はんすう》していた。樋口は、尋ねた。

「それは、どういうことだ？　うちの娘が……」

そのとき、天童と小森がまだ自分を見ていることに気づいた。樋口は、声を落とした。

「照美の名前があるというのは、どういうことだ？」

「ＩＰアドレスが特定された。娘さんが持っているパソコンから、脅迫メールが送信された疑いがある」

「ばかな……」

樋口は、笑い飛ばそうとした。だが、できなかった。

最近の照美の様子を思い出した。部屋に閉じこもり気味で、しばらく話もしていない。娘が部屋で何をしているのか、まったくわからない。妻は、照美がパソコンをいじっていると言っていた。

「強制捜査になるのか？」

「担当者たちは、慎重だ。なりすましメールの件もある。だが、いずれは事情を聞くことになるだろう」

なりすましメールならば、照美には罪はない。だが、もし、そうでないとしたら……。

氏家の声が聞こえてきた。

「おい、聞いているのか？」

「聞いている。捜査情報をよそにばらすとまずいだろう」

「あんた以外にはばらさないよ」

「俺がしゃべるかもしれない」

「実害がなければいい」

実害……。それは、おそらく樋口が照美に警察の動きを伝え、照美が証拠隠滅を図るというようなことだろう。

氏家は、俺を信頼して情報をくれたのだろう。その信頼を裏切るわけにはいかない。

「俺は誰にもしゃべらない」

「そうだな。当分はそうしてくれないと困る」

「強制捜査は、まだないんだな？」

「今のところ、そういう話はない」

警察官の自宅に強制捜査が入るなど、しゃれにならない。マスコミの餌食になることは確実だし、そうなれば処分は免れ得ない。

考えただけでも、ぞっとする。これまで、波風を立てないことを心がけて仕事をしてきた。ノンキャリアとしては、出世もまあまあ順調だ。

今さら、脅迫メールの疑惑で処分など冗談ではない。

眠気がいっぺんに吹き飛んでいた。携帯電話を持つ手に汗をかいている。

氏家が言った。

「何かわかったら、また知らせる」

電話が切れた。樋口は、携帯電話をポケットにしまうと、天童と小森の顔を見た。

天童が何か言おうとしている。その前に、樋口は言った。

「氏家からです」

「氏家……？　ああ、おまえさんと仲がいい少年事件課のやつだな？」

「被害者についての情報でした」

「どんな情報だ？」

「南田麻里は、ストーカー被害だけでなく、過去に痴漢の被害にもあったことがあるということです」

「なんだ、それは……」

天童はあきれたような顔になった。「そんなことをわざわざ知らせてきたのか？」

もちろん、それは本命の情報ではない。氏家が本当に知らせたかったのは、照美の件なのだ。痴漢云々《うんぬん》は、衝撃をやわらげるための、氏家なりの気配りだったのだろう。

「まあ、どんなことでも参考にはなり得ます」

「そりゃそうだが……」

小森が言った。

「ストーカーも珍しくなければ、痴漢も珍しくはない」

樋口はうなずいた。

「俺もそう思う。だが、他部署のやつがわざわざ情報をくれるというのはありがたいことだ」

「そうだな」

小森が気のない返事をすると、天童が言った。

「まあ、いちおう捜査会議で報告はしておくか……」

樋口は言った。

「天童さんにお任せします」

「照美ちゃんがどうのと言ってなかったか？」

天童にそう訊かれて、話してしまおうかと思った。天童なら力になってくれるかもしれない。

だが、樋口は思いとどまった。氏家に、誰にも話さないと約束したのだ。照美の件は、いずれ天童の耳にも入るかもしれない。そのときに、詳しく説明すればいい。

「元気にしているのか、と訊かれただけです」

「そうか……」

そのとき、出入り口に小泉刑事指導官が現れた。パンツスーツだが、昨日とは違う色だった。

昨日は黒だったが、今日は濃紺だ。背が高いのでパンツスーツがよく似合っている。

彼女は、まっすぐに管理官席にやってきた。

時刻は午前八時四十五分。約束の九時よりも十五分早い。

「おはようございます」

管理官席の三人は、一様に「おはようございます」と挨拶を返した。

小泉が着席すると、小森が言った。

「ちょっと、ご意見をうかがいたいのですが……」

「何でしょう?」

「ストーカー被害にあうような女性は、痴漢にもあいやすいんですか?」

小泉は怪訝《けげん》な表情になった。

樋口は、小森の顔を見ていた。小泉をからかっているのかと思ったのだ。だが、小森はふざけているようには見えなかった。

小泉が言った。

「それは、性的な訴求力についての質問ですか？」

「ええと……」

小森は困ったような表情でこたえた。「まあ、そういうことになるでしょうか……」

「容姿が魅力的な女性がストーカー被害にあいがちだというのは事実です。しかし、痴漢はその限りではありません」

「ストーカー被害と痴漢の被害には、何か違いがあるんですか？」

「ストーカー被害は、言ってみれば、独占欲、支配欲の対象となった結果です。しかし、痴漢はそうではありません。一過性の出来事ですし、独占欲や支配欲も関与していません」

「はあ……」

「痴漢の常習犯は、どちらかというとコレクターに似た気質である場合が多いのです。ストーカーのように単一の対象に執着はしません」

「なるほど……」

「しかし、例外はあります」

「例外……？」

「毎日、同一の対象に痴漢行為を働くような例があるのです。通勤や通学で決まった時間に決まった車両に乗るような場合に、そういう事例が見られることがあります。これは痴漢であると同時にストーカー行為であると見なすことができます。一定の時間、特定の対象を支配していることになるからです」

小森は、毒気を抜かれたような顔になった。小泉は、かまわず説明を続けた。

「また、視点を変えれば、頻繁にストーカーや痴漢の被害を訴える女性には特徴があることも事実です」

「ほう、特徴……？」

「外見の特徴ではありません。心理的な特徴です」

「心理的な……？」

「被害者意識が強い、あるいは苦情を言いたがる傾向が強い女性が、そういう被害を訴えるのです」

「ははあ……」

小森は納得したように言った。「つまり、そういう被害が人に知られるということですね？」

「そうです。ストーカー被害や痴漢は、本人が訴えない限り顕在化しません。被害にあっていても黙っていれば、それは社会的には、被害がないことになってしまいます。そうした犯罪を顕在化させるのは、被害者の訴えなのです」

「なるほど……。被害にあうことと、被害を明らかにすることは別だというわけですね」

「おっしゃるとおりです」

小森は、なんだか感心したような顔をしている。

樋口は、二人のやり取りを上の空で聞いていた。照美のことが気になっていた。

6

九時になり、世田谷署署長と田端捜査一課長がやってきた。捜査会議が始まる。天童が司会進行役だ。

捜査員たちが、ほぼ徹夜でかき集めた情報が報告される。だが、めぼしい情報はなかった。

田端課長が尋ねる。

「樫田の所在に関する手がかりは？」

「戸籍から郷里が判明しています。栃木県鹿沼《かぬま》市です。昨夜、捜査員が実家に向かっていますが、まだ連絡がありません」

「家族の話をまだ聞けていないということか？」

「……だと思います」

「樫田の交友関係は？」

「近所付き合いはなし、まだ友人等の話は聞けていません。今、出身校の名簿などで交友関係を当たっています」

「何をそんなに手間取っているんだ？」

「なにせ、出身校も栃木県ですので……」

田端課長は、苦い表情でうなずいた。

「犯人が樫田だという物証は何かないのか？」

「決定的なものは、まだ……」

「防犯カメラの映像はどうだ？　分析はまだ上がってこないのか？」

天童がこたえる。

「まだです。映像の解析には時間がかかります」

「鑑識の微物鑑定の結果は？」

「昨日の報告から進展はありません。体毛や衣類の繊維などが、誰のものかまだ特定されていないのです」

「地取りで何か出ないのか？」

「目撃情報はまだありません。マンション内で、不自然な物音など異変に気づいたという情報もまだありません」

「名前とかつて住んでいた場所が特定されているんだ。実家もわかっている。とにかく、一刻も早く樫田を見つけるんだ」

「了解しました」

「他に何かあるか……」

天童が、ちらりと樋口のほうを見た。樋口は、会議の内容に集中しようとしていたが、どうしても照美のことを考えてしまうのだった。それを、天童に見透かされたような気がして、どきりとした。

天童が言った。

「実は、生安部の捜査員からの情報なんですが、被害者は、ストーカー被害だけではなく、かつて痴漢の被害にもあったことがあるそうです」

田端課長は一瞬、ぽかんとした顔になった。

「何だそれは……」

　天童が珍しく、しどろもどろになった。

「いえ、まあ、ただそれだけのことなのですが……」

「こう言ってはナンだが、ストーカーにあうような若い女性なら、痴漢にあっていても不思議はないだろう」

　そう言って、田端課長は、横にいる小泉をちらりと見た。彼女は、今日もひな壇に座っている。

　女性がいると、こういう発言に神経を使う。やりにくい反面、いいことでもあると樋口は思う。それだけ、気配りをしているということなのだ。

　警察は典型的な男性社会なので、女性への気配りがおろそかになる傾向がある。

　田端課長は、小泉に尋ねた。

「専門家の意見はどうです？　今の天さんの報告に何か意味があると思いますか？」

　小森にしたような詳しい説明が始まるのだろうか。樋口はそう予想した。しかし、その読みは外れ、小泉は一言だけ言った。

「現時点では、何とも言えません」

　樋口は、小泉の顔を見た。表情を読めなかった。

彼女は、どうして先ほどのように詳しく解説しなかったのだろう。会議の席とあって、気後れしたのだろうか。

いや、そんなタイプには見えなかった。何か理由があるに違いない。後で質問してみようと、樋口は思った。

なんとか会議の内容を聞き逃さずに済んだが、頭の隅に照美のことがずっとひっかかっていた。

氏家は、何のために俺に知らせてきたのだろう。

樋口は考えた。

まさか、照美に知らせろ、ということではあるまいな……。

もしかしたら、そうなのかもしれない。氏家は、俺が照美を守るべきだと考えているのではないだろうか。

正面から照美に問いただせば、捜査情報を洩らしたことになる。だが、さりげなく様子を探ることはできる。

しかし、それも、帰宅できて初めて可能なのだ。自宅で照美に話をしない限りは、何もわからない。捜査本部でやきもきしているしかないのだ。

管理官席に戻っても、樋口はぼんやりとしている時間が長かった。これではいけないと、自分で自分を戒めるのだが、こうしている間にも、脅迫メール担当の捜査員が自宅を訪ねるのではないかと思い、気が気ではなかった。

「樋口さん、外線です」

制服を着た連絡係が告げた。樋口は、受話器を取った。

「はい、樋口です」

「関東日報の下柳《しもやなぎ》です」

顔馴染みの記者だ。樋口がまだ巡査部長だった頃に、彼も事件記者として活躍していた。キャリアから考えればデスククラスになっていてもおかしくはないのに、彼はいまだに現場にいる。

年齢は、樋口より少し年下だろう。たぶん氏家と同じくらいだ。最近、太りだしたのを気にしていた。身長が低いので、太ると漫画の登場人物のように見える。

「どうしました？」

「ストーカー殺人だったんですか？」

洩れたか……。

樋口は唇を咬んだ。

「何のことです？」

「しらばっくれなくてもいい。樋口さん、俺は確認を取りたいだけなんです」

「俺からは何とも言えない。それはわかっているでしょう」

「またしても、ストーカー殺人だったとしたら、警察の立場はまずいことになりますね」

「犯人はまだ特定されてはいません」

「でも、殺人の被害者が、ストーカー被害にあっていたのは確かなのでしょう？」

「現在、確認中です」

「記事にしていいですね？」

「まだ、被疑者が特定できていないと言ったでしょう。部長発表でもそう言っていたはずです。先走ると、恥をかくことになりますよ」

「ですから、こうして確認を取っているんですけどね」

「質問には、こたえましたよ」

「わかりました。記事にするのはしばらく待ちましょう。しかし、いずれよその社も気づきますよ。そして、どこかが抜く。それを止めることはできません」

「わかっています。私は、嘘は言っていない。被疑者はまだ特定できていないし、被害者がストーカー被害にあっていたかどうかは、現在確認中です」

「樋口さん、私はあなたの味方ですよ。やろうと思えば、あなたに電話などしないで、記事にできたんだ」

刑事と記者は、いわば運命共同体だ。事件を巡って、刑事は捜査をし、記者はそれを報道する。立場は違うが、同じ世界にいるのだ。

記者を目のかたきにする刑事もいれば、うまく情報のやり取りをしている者もいる。樋口は、どちらかというと後者だった。記者だって仕事なんだ。邪険にすることはない。ただ、捜査の妨げになるようだと話は別だ。

そういう場合は、徹底的にマスコミを排除すべきだと、樋口は考えていた。

この場合、ストーカー被害に関する報道は、警察の不利益になる。下柳とは長い付き合いだが、ここで媚《こび》を売る必要などない。

「記事にすれば、誤報になるかもしれません」

「そいつは、願い下げだなあ……」

そこで、下柳は声を落とした。「ストーカー殺人ということになれば、警察はまずいことになりますよね」

樋口は冷静にこたえた。

「マスコミがヒートアップしなければ、大きな問題になることはないでしょう」

「各社とも飛びつきますよ。そして、警察を糾弾するでしょうね。またしてもストーカー殺人か。どうして、防げなかったのか、ってね……」

樋口は、天童の言葉を思い出していた。

被害者が告訴をするか、公安委員会の禁止命令がなければ、警察は手を出せない。パトロールの強化くらいはするが、すべての被害者の身を守ることなど不可能なのだ。

だが、ストーカー殺人が起きれば、マスコミは警察の責任だと新聞や雑誌に書き立て、テレビで放送する。

警察署では、ストーカー被害にあっている人たちの相談に乗る。その際に、はっきり伝えているはずだ。

警察に対処してほしいのなら告訴をしてくれ、と。だが、告訴に対して二の足を踏む人は少なくない。

起訴された犯人から仕返しされるのではないかという恐れを抱く人もいる。なるべく、事を穏便に済ませようとする人もいる。

結局、告訴する人はそれほど多くはない。過去のストーカー殺人でも、マスコミは相談を受けていながら、どうして警察は対処しなかったのかと非難する。そして、一般市民はそれを鵜呑《うの》みにする。

警察だけが悪者のような世論が形成されていく。

殺人事件で悪いのは、間違いなく犯人なのだ。警察が悪いわけではない。

マスコミは「なぜ防げなかったのか？」と詰問口調で言うが、そのこたえは明らかだ。

「被害者が、告訴をしなかったからだ」というのがそれだ。

被害者が勇気を持って告訴をしてくれたら、公安委員会の禁止命令も出せるし、逮捕・起訴もできる。

だが、下柳を相手にそんなことを言っても始まらない。

下柳は、すでにそういうことを理解しているからだ。大手新聞のちゃんとした記者は事情をわかっている。

問題は、ろくな取材もせずにまくしたてるテレビのワイドショーなどだ。捜査の実情を知らない、素人《しろうと》に毛が生えたようなコメンテーターたちが、火に油を注ぐ。

「我々は、ただ捜査を進めるだけです。もし、コメントがほしいのなら、上層部に言ってください」

「あなたからコメントを取ろうなんて思っていませんよ。俺はね、心配しているんです」

この言葉を真に受けていいものかどうか、樋口はしばらく考えていた。

下柳は裏表のないやつだ。信用もできる。だが、彼も新聞記者なのだ。

記者の仕事は、事実を伝えることではなく、抜くことなのだと、樋口は考えていた。彼らは、他社を出し抜くためなら、どんなことでもする。

それはわかっているのだが、樋口は下柳を信じたいと思ってしまう。

世の中には、人に裏切られたり、だまされたりするのが、死ぬほど嫌だという人がいる。だが、樋口は、だますよりだまされるほうが気が楽だと思ってしまう。裏切られるより、裏切ることのほうが辛い。

これも、警察官としては珍しいだろう。犯罪者は、なんとか他人をだまそうとする。それを見破るのが警察官の仕事だ。お人好《ひとよ》しではつとまらない。

自分は警察官に向いていないのではないかと、若い頃には何度も思った。

それでもこうして本部の係長をやっている。生まれつきの性格なんて、仕事にはそれほど影響はしないのだと、最近では思うことにしている。

でないと、もっと自分に合った仕事があったかもしれない、などと余計なことを考えてしまう。

そう。余計なことなのだ。人は与えられたことに精一杯の努力をすればいい。人との出会いが運命ならば、仕事との出会いもまた、運命だ。

アメリカでは、頻繁に仕事を替えることが当たり前なのだそうだ。それが、人生経験であり、キャリアアップにつながるという。

そういうお国柄なのだから、何も文句はない。だが、そのやり方を日本人が真似るのはどうかと思う。もともと人種も違えば文化も違う。何でもかんでもアメリカの真似をしてうまくいくわけがない。

樋口は、つい余計なことを考えていた自分に気づいて、はっとした。やはり寝不足で思考がまとまらない。

「とにかく、正式な発表を待ってください」

「何か進展があったら、教えてほしいんですが……」

「そんな義理はありませんよ」

「心配しなくてもいいですよ。裏を取らずに記事にするようなことはしませんから。じゃあ、また……」

電話が切れた。

天童が尋ねた。

「どうした？　面倒な電話か？」

「関東日報の下柳です。被害者が、ストーカー被害にあっていたことが洩れたようです」

天童が顔をしかめた。

「まずいな……。記事になるのか？」

「まだ書くつもりはないと言っていましたが……」

「一社に洩れたということは、いずれは他社にも洩れる」

「下柳もそう言っていました」

「抜かれる前に手を打ったほうがいいかもしれない」

「会見ですか？」

天童がひな壇のほうを見た。田端課長がまだ残っていた。世田谷署署長と何事か話をしている。

天童は立ち上がり、言った。

「ヒグっちゃんと、小森さんも来てくれ」

樋口は、小森と顔を見合ってから立ち上がり、天童について田端課長のもとに歩み寄った。小泉だけが、管理官席に取り残される形になった。

「何だ？」

天童たちの表情を見て、よくない話だと感じ取ったようだ。田端課長が尋ねた。

天童がこたえる。

「ストーカー被害のことが、漏洩《ろうえい》したようです」

「どこだ？」

「関東日報です」

「記事にされると面倒だな……」

「今のところ、記事にするつもりはないと言っているそうですが……」

「どこからの情報だ？」

「関東日報の下柳という記者が、直接ヒグっちゃんに電話してきたそうです」

田端課長が樋口を見た。

「下柳なら俺も知っている。軽はずみなことをするやつじゃない」

樋口はこたえた。

「はい。私もそう思います」

「止められるか？」

「他の社に洩れたと知ったら、下柳も手をこまねいてはいないでしょう」

「つまり、記事にするということか？」

「先走ると恥をかく、と言っておきましたが……」

「そんな脅しが通用する相手じゃねえな……」

田端課長が考え込んだ。

「脅しではありません」

樋口は言った。田端課長は驚いたように樋口の顔を見た。

「何だって？」

「脅しではなく、本当に誤報になる恐れがあるのです。まだ、被疑者が樫田臨だと断定したわけではないでしょう？」

田端課長がうなずいた。

「たしかにそのとおりだ。だが、あらゆる条件が、樫田の犯行を裏付けているように思える」

「物証は何一つ見つかっていません」

田端課長は怪訝な顔をした。

「ヒグっちゃんは、樫田が犯人じゃないと思っているのか？」

「いえ、そういうわけではありません。記者にも慎重になってほしいと考えているだけです」

田端課長はうなずいた。

「ヒグっちゃん、なんとか下柳が記事にするのを止めてくれ。それから、天さん、情報の漏洩には厳しく対処するんだ」

樋口と天童は、同時に「了解」とこたえた。

管理官席に戻って、樋口は考えた。

さて、「了解」とこたえたものの、どうやって下柳を止めたらいいんだろう。

ふと、小泉が自分のほうを見ているのに気づいた。

「何か……？」

「私でお役に立てることがあれば、と思いまして……」

ストーカーの専門家の女性キャリア。彼女は、自分のことはマスコミ対策だと思ってくれてけっこうだと言っていた。

彼女を何かに利用できないだろうか。

樋口は、真剣に考えはじめた。

7

樋口は、小泉とどこで話をすべきか考えた。できれば、二人きりで話をしたい。

捜査本部の中を見回してみた。大半の捜査員たちは出かけており、二人きりで話をできそうな場所はいたるところにある。

他の人がいない席に連れて行けばいい。だが、二人きりでこそこそ話をしていると、必ず何か勘ぐるやつが出てくる。

天童に怪しまれるのも嫌だった。樋口は、この場で話をするのが一番だと結論を出した。

「小泉刑事指導官」

我ながら堅苦しいと思ったが、樋口はそう呼びかけた。

「はい」

「先ほどの新聞記者の話です。なんとか記事になることを防がなければなりません。何かお考えはありませんか？」

小泉は、驚いたように樋口を見た。

「私の考えですか？」

「そうです。あなたは、マスコミ対策もご自身の役割だと言われた」

「たしかにそう申しました」

「我々が困ったときに、アドバイスしていただけるのですよね？　今、私は新聞社の対応に困っています」

　小泉はしばらく考えてから言った。

「マスコミに小細工は通用しません」

「私もそう思います。しかし、このまま記事にされるのを黙って見ているわけにはいきません。記事をおさえろというのは、捜査一課長の指示でもあります」

「隠そうとすると、マスコミは余計に探りを入れようとします」

「では、どうすればいいと……？」

「積極的にこちらから情報を与えるしかありません」

「それは無茶です。たちまち記事にされて、他社も騒ぎだします」

「噂《うわさ》や臆測を記事にすることはできないでしょう？　今、捜査本部がつかんでいる情報は、まだ記事にできるような段階ではありません。そのことを理解してもらうのです」

「殺人の被害者が、ストーカー被害の相談をしていたことは事実です。それだけでも、マスコミは食いついてきます。そして、独自に動きだし、裏を取れたと判断した段階で記事にするでしょう」

　若い頃から、記者との駆け引きには神経を使ってきた。何度も苦い思いをしたことがある。

マスコミへの情報の漏洩には、どんなに気を使ってもやりすぎということはない。樋口はそう思っている。

小泉が言った。

「今のまま放置しておいても、記者は取材活動を続けるでしょう。私は、捜査の現状を正確に伝えることが最良の方法だと思っています。もし、それが受け容《い》れられないとおっしゃるのなら、別の方法を考えてください」

樋口は一瞬、言葉を失った。

記者にどう対処したらいいか、尋ねたのは樋口のほうだ。アイディアを求めておいて頭から否定してしまっては、小泉の立場もない。

どうしていいかわからず、言葉を探していると、天童が言った。

「刑事指導官が言われるとおり、いたずらに策を弄さず、腹を割って話すというのも手かもしれない」

樋口は、この一言に救われた。小泉に言った。

「では、どのように話をしましょう？」

「よろしければ、私がその記者にお会いして話をしますが……」

樋口は、天童を見た。判断ができないので、天童に振ることにしたのだ。

　天童が言った。

「それがいいかもしれない。記者も、警察庁《サッチョウ》のキャリアが相手だと矛先が鈍るかもしれない」

　樋口は言った。

「では、すぐに手配します」

　携帯電話を取り出して、下柳にかけた。

「そちらから連絡をいただけるとは思っていませんでした。何か進展が……？」

「そうじゃありません。電話ではうまく伝わらないこともあります。直接会って話をしませんか？」

「願ってもないことですね」

　下柳は、何か特別な情報をもらえると勘違いしているのかもしれない。

「今から会えますか？」

「だいじょうぶです。ちょうど今、世田谷署にいますよ」

「すぐに下りていきます」

　樋口は電話を切り、小泉に言った。

「いっしょに来てください」

小泉は即座に立ち上がった。

下柳は一階にいた。背が低くて小太りだ。樋口に気づくと、すぐに駆け寄ってきた。人懐こい笑顔を見せるが、これがなかなか曲者《くせもの》だ。相手を油断させておいて、ずばりと斬り込んでくる。

樋口は、立ち止まらずに小声で言った。

「他社の記者の眼もあります。何も言わずについてきてください」

下柳は、すべて心得たというふうに、かすかにうなずき、樋口と小泉から、少し遅れて玄関を出た。

そのまま駐車場に向かった。樋口は自分の車に乗り込む。小泉が後部座席に乗り込んだ。ややあって、下柳がやってきて、小泉の隣に座った。

樋口は車を出した。適当に走り回りながら、話をするつもりだった。秘密の話をするのは、移動しながらに限る。歩きながらでもいいが、車だと一種の密室なので、さらにいい。

樋口はハンドルを操りながら言った。

「紹介します。警察庁刑事局の小泉刑事指導官です。こちらは、関東日報の下柳さん」

「よろしくお願いします」

小泉が言うと、下柳が慌てた声でこたえた。

「あ、下柳です。よろしくお願いします」

まずは先手が取れた。

樋口はそう思った。

下柳は、警察庁刑事局と聞いて驚いた様子だった。所轄署にいて、警察庁の役人に会うとは思っていなかったのだろう。

さらに、小泉が若い女性である点も、有利に働いたはずだ。天童の読み通りだと、樋口は思った。

樋口は下柳に言った。

「捜査情報は洩らせませんが、ストーカー云々については説明が必要だと考え、お話しすることにしました。今から、小泉刑事指導官が説明します」

「ちょっと待ってください」

下柳はまだ落ち着きを取り戻していない。「その前に、教えてもらえますか？　どうして捜査本部に、警察庁の……、えーと、刑事指導官でしたっけ？　そんな人が来てるんですか？」

樋口がこたえた。

「小泉刑事指導官は、ストーカー犯罪の専門家です」

「……ということは、やはり殺人の被害者は、ストーカー被害にあっていたということですね？」

ここで下柳を勢いづかせるわけにはいかない。

「そういう説明も、小泉刑事指導官にしてもらいます」

車は国道246号に出て、三軒茶屋の交差点を過ぎた。そのまま渋谷方面に向かっている。

小泉が話しはじめた。

「殺人の被害者が、世田谷署にストーカー被害について相談していたのは事実です」

「それが殺人にエスカレートしたということでしょう？」

「捜査本部でも、そういう読みをしていることは事実です。誰でもそう考えるでしょう」

樋口は、はっとした。

ストーカー殺人を認めるような言い方だ。

下柳が言った。

「やはり、そういうことだったんですね」

「読みが当たるとは限りません」

「え……？」

「読み通りに捜査が進めば、こんなに楽なことはありません。この先も、紆余曲折《うよきょくせつ》があるかもしれないのです」

「ストーカーが犯人でないこともあり得ると……」

「もちろん、その可能性もゼロではありません。我々は、まだ被疑者を特定できていないのです」

「しかし、被害者にストーカー行為をやっていた人物を追っていることは事実なんでしょう？　事情を聞くためにその人物の行方を追っているという記事を書いてもかまわないですね？」

「あくまでも警察を敵に回したいということですね？」

「敵に回す？　とんでもない。我々は国民の知る権利を代行しているんです」

「警察が、事情を聞くために、被害者の関係者を探し出そうとするのは、ごく当たり前のことです。ストーカーだといっても特別なことではありません。しかし、記事にしたとたん、それは普通のことではなくなるのです。新聞の読者は、ストーカー殺人だという印象を受けることでしょう。そしてまた、マスコミの警察に対する攻撃が始まるわけです。あなたは今、二つの危険を冒そうとしています。一つは、誤報の危険」

「誤報……？」

「あたかも、ストーカー殺人のような記事を書かれたら、殺人犯がストーカーではなかった場合、誤報ということになります」

これは大げさな言い方かもしれないと、樋口は思った。先ほど下柳が言った文脈だと、必ずしも誤報ということにはならない。

だが、警察官が誤認逮捕を恐れるように、記者は誤報を恐れる。小泉の指摘に下柳を困惑させる効果は充分にあった。

「いや、しかし……」

彼女の口調も効果的だった。きわめて断定的で、反論を許さない強い響きがあった。

「もう一つは、警察を本気で怒らせるという危険です。地方警察である警視庁が黙っていたとしても、警察庁は黙っていません」

「警察庁が黙っていないというのは、どういうことですか？　それは聞き捨てならないですね。我々がそういう脅しに屈すると思いますか？」

「脅しだと思ったら、大間違いです。長官官房総務課の広報室が本気になれば、あなたの社は、かなり面倒なことになると思います」

小泉の口調は、淡々としており、むしろ穏やかとさえ言えた。だからこそ、凄《すご》みがあった。

「樋口さん……」

下柳が言った。「俺はこういう恫喝は好きじゃないんですがね……」

「恫喝なんかじゃありません。小泉刑事指導官は、事実を述べているのです」

「事実だって？」

「言ったでしょう。警察はまだ、被疑者を特定していないと……。小泉刑事指導官が言った二つの危険を冒してまで記事にする気はありますか？」

樋口は、ルームミラーで下柳の顔をちらりと見た。

すっかり鼻白んだ表情をしている。

下柳が小泉に尋ねた。

「ストーカーにお詳しいということですね？　では、うかがいますが、あなたは今回の事件は、ストーカーによる殺人だと思いますか？」

無言の間があった。考えているのだろう。やがて、小泉が言った。

「これは、警察の公式の見解ではありませんので、申し上げていいものかどうか……」

「聞かせてください。だいじょうぶ、記事にはしません」

「あくまでも、私個人の意見なのですが……」

「はい」

「殺人は、部屋の奥で起きています。過去にストーカー行為をした者が犯人だとしたら、これはあり得ないことのように思えます」

樋口は、思わずルームミラーで小泉の顔を見た。今の言葉に驚いていた。

たしかに、遺体の位置は気になっていた。現着して遺体を見た瞬間、顔見知りの犯行かもしれないと考えたのを、樋口は思い出していた。

下柳が質問した。

「どういうことか、よくわからないですね……」

「遺体は部屋の奥にありました。犯行もその場であったと考えられています。つまり、犯人は部屋の奥まで入り込んでいたということなのです。過去にストーカーだった人物が犯人だったとしたら、被害者はそんな相手を部屋に上げたことになります。そんなことが実際にあり得るでしょうか？」

今度は、下柳が考え込んでいた。

樋口は、何も言わずに下柳の言葉を待つことにした。

しばらくして、下柳が言った。

「うーん。たしかに、ストーカーだった男を部屋に上げるとは思えませんね……。しかしですね、被害者は部屋の中に逃げ込み、犯人がそれを追う形で部屋の奥まで進んだのかもしれません」

「靴跡がないのです」

「何です……？」

「もし、今、あなたがおっしゃったような状況だったとしたら、犯人は靴をはいたままでなければおかしい。しかし、部屋の中には靴跡がなかったのです」

「どんな床だったのです？」

「フローリングです」

「ならば跡がつかないこともあるでしょう？」

「あなたも新聞記者なら、鑑識の技術がどれほどのものかご存じでしょう。靴の痕跡を見逃すようなことはあり得ません」

「刑事指導官……」

樋口は言った。「それ以上は……」

このへんで釘《くぎ》を刺しておかなければならないと思った。小泉は、下柳の質問にこたえすぎかもしれない。

「わかっています」

小泉がこたえた。

「なるほどね……」

下柳が言った。「あなたは、現場の様子から、ストーカーが殺人犯でない可能性が高いとお考えなのですね？」

「そうは言っておりません。ただ、過去のストーカーが殺人犯だと仮定すると、説明がつかないことが出てくると感じるのです」

「それは、可能性が低いということじゃないですか？」

「私には判断がつきません」

樋口は、小泉を後押しすることにした。

「だからこそ、捜査本部でも、被疑者を特定できずにいるのです」

「ふうん……」

下柳は再びしばらく間を取ってから言った。「そういうことなら、ストーカー男のことを記事にするのはやめておいたほうがよさそうですね……」

樋口はこたえた。

「私もそう思いますよ」

「しかしね、他社はどう考えるかわかりませんよ。一か八かで記事にする社も出てくるかもしれません」

小泉が言った。

「言ったでしょう。そういう社には、警察庁が黙っていない、と……」

下柳を関東日報まで送ってから、世田谷署に引き返すことにした。彼が降りて車を出すと、樋口は小泉に言った。

「見事な啖呵《たんか》でしたね」

「啖呵……？」

「警察庁が黙っていないという一言です」

「下柳さんにも言いましたが、ただの脅しではありませんよ。警察庁のマスコミ対策は徹底しています」

「もし、下柳がストーカーのことを記事にしたら、警察庁は本当に何か制裁のようなことをやるのですか？」

「そういうことがないようにと、田端課長から指示されているのでしょう？」

「まあ、そうですが……」

「今頃、警視庁の幹部と警察庁の関係者は、ストーカー殺人だったときの対応を必死で考えているはずです。それに水を差すような行為には、警察庁も牙を剝《む》きます」

樋口は、その言葉についてしばらく考えていた。

警視庁の幹部や警察庁が考える対応というのはどのようなものだろう。まあ、だいたいは想像がつく。何人かのクビを飛ばすということだろう。

「二つ質問があります」

樋口は言った。小泉がこたえる。

「何でしょう？」

「あなたは、下柳に、まんまとストーカーが殺人犯である可能性が低いと思わせることに成功されましたが、本当にそうお考えなのですか？」

「わかりません。本当に、わからないのです。しかし、遺体の位置は何かを物語っているような気がします」

「私もまったく同じことを感じました。現場を見たとき、まず顔見知りの犯行ではないかと思いました」

「ストーカーに対して、その被害者は嫌悪と恐怖を覚えます。ですから、相手が過去にストーカー行為をした人物だと知ったら、玄関のドアを開けることすらしないのが普通です」

「それは納得できますね……」

樋口は考えた。

今、捜査本部は、樫田臨を重要参考人として手配している。つまり、樫田が最も被疑者に近いとされている。

本人の身柄を引っぱれれば、取り調べで彼が殺人の被疑者かどうか、はっきりするだろう。あるいは、どこかで物的証拠が入手できるかもしれない。

そうなれば、樫田の逮捕・起訴で事案は終了する。だが、問題はそこからだ。

マスコミは、一斉にストーカー殺人の責任が警察にあるかのような論調で騒ぎ立てるだろう。そして、何人かの警察幹部のクビが切られる。

俺は、樫田が犯人ではないことを期待しているのではないだろうか。希望的観測は、間違いを生む。

小泉が言った。

「二つ目は？」

「え……？」

「質問が二つあるとおっしゃいませんでしたか？」

「捜査会議での発言についてです」

「どんなことでしょう？」

「あなたは、世田谷署の小森係長に、ストーカー被害にあう女性と、痴漢被害にあう女性について詳しく説明されました。しかし、捜査会議では、たった一言、現時点では何も言えないと言われただけでした。それはなぜです？」

「あなたは、被害者の南田麻里が、ストーカー被害だけでなく、痴漢の被害にもあっていたと聞いたとき、どう思われました？」

「そうですね……。こう言っては問題があるかもしれませんが、実を言うと、それがどうした、という気持ちでしたね」

「田端課長も、似たようなご意見でした。課長はこう言われたのです。ストーカーにあうような若い女性なら、痴漢にあっていても不思議はない……」

「はい」

「南田麻里に限って言うと、そういう見解は意外と正しいのではないかと感じたのです」

「私や田端課長が言ったことをお認めになるということですか？」

「認めるというより、反論する論拠がまだ見つかっていません」

「しかし、小森には、ストーカーと痴漢の心理は一致しないと言っていませんでしたか？」

「たしかに言いました。しかしそれは、あくまで一般論です。小森係長の質問が、一般的なものだったので、それについて解説しました。しかし、田端課長の質問は南田麻里に限定していました」

「ストーカー被害にあうことと、それを訴えることは別だとおっしゃいましたね？」

「言いました」

「痴漢もまた、同様だと……？」

「はい」

「つまり、ストーカーや痴漢にあっても泣き寝入りしたり、あまり気にしなかったりで、事件を表沙汰にしない人がいる。一方で、その事実を顕在化させようという人がいる……」

「そういうことです」

「南田麻里は、そういうタイプだったということですか？」

この質問に、小泉はしばらく考え込んでいるようだった。にわかに慎重になった。やがて、小泉は言った。

「証拠や証言がないので、何とも言えませんが、私はそのような印象を受けております」

8

世田谷署に着くと、樋口は小泉に言った。

「ちょっと、用がありますので、先に本部にいらしてください」

「わかりました」

小泉が車を離れ、玄関の中に消えていくと、樋口は携帯電話を取り出した。

妻の恵子にかける。

「はい。どうしたの？」

「いや、ちょっとな……。今夜も帰れないと思って……」

「わかりました。こうやって電話をくれると助かるわ」

「捜査が大詰めになると、電話もできなくなる。今のうちにかけておこうと思った」

「捜査本部、長引きそうなの？」

「まだ、何とも言えない」

「そう……」

「照美はどうしてる？」

「どうしてるって……、いつものとおりよ」

「部屋に閉じこもっているのか？」

「引きこもりというわけじゃないんだから、問題ないわよ」

「誰か訪ねてきたりはしなかったか？」

「誰かって……？」

「誰かだ」

「別に……。何かあったの？」

一瞬、妻には話したほうがいいのではないかと思った。だが、考え直した。照美は、強制捜査の対象者になるかもしれない。妻はその肉親ということになる。捜査情報を伝えるわけにはいかない。

「いや……。家を離れていると、何かと心配になるもんなんだ」

「こっちはだいじょうぶだから……」

「わかった。じゃあ……」

樋口は電話を切った。

まだ、生安の連中は照美のもとを訪ねていない。リストに名前があるということは、いずれは訪ねていくはずだ。

まずは任意で話を聞く。そして、容疑が固まれば令状を取って強制捜査ということになる。

家族が任意で事情を聞かれるだけでも、警察官としてはダメージが大きい。マスコミが嗅ぎつけたら、ちょっとしたスキャンダルになるだろうし、そうなれば懲戒処分もあり得る。

免職はないだろうが、懲戒という汚名は残り続ける。だから、たいてい懲戒処分を受けた警察官は辞職する。

冗談じゃないと、樋口は思う。

これまで、何のために苦労をしてきたのだ。警察の体質は、決して自分に合っているとは思っていなかった。だが、そんなことを言って逃げ出すのは嫌だった。

事実、合う職業と合わない職業があることは認める。とはいえ、自分には合わないなどと言うのは、たいていは、甘えなのだと思う。どんな仕事にも苦労はある。本当に自分に合う職業に巡り合えた者は幸せだが、そうでなくても、そこそこの満足感は得られるものだ。

そして、樋口は、そのそこそこの満足感を求めるタイプだった。

野心がないわけではない。だが、立身出世よりも、周囲との協調を大切に考えてしまう。他人を押しのけてまで出世しようとは思わない。

その意味では、公務員向きなのかもしれない。

公務員とはいいながら、警察は現場主義で競争が激しい。やる気のある者は、どんどん昇級試験を受けて出世していく。

その中で、樋口はそこそこの評価を得ているという自覚がある。そして、できれば、このまま定年を迎えたいと思っている。

多くは望まない。せめて、田端課長が言ったように管理官くらいになって退官したい。

だが、もし、照美が強制捜査を食らうようなことがあれば、それすら望めなくなるのだ。それは、樋口にとっては絶望的だ。

警察OBのネットワークは頼りになり、退職した警察官は、それほど苦労することなく再就職できる。

それも、保険会社、銀行、警備保障会社と、けっこう羽振りのいい就職先を期待することができる。

しかし、樋口は再就職など考えたくはなかった。警察官であることが、樋口の誇りであり、支えなのだ。

しばらく手にした携帯電話を見つめていた樋口は、氏家にかけてみることにした。

呼び出し音五回で出た。

「はい、氏家」

「今、電話、だいじょうぶか？」

「平気だよ」

「本部庁舎にいるのか？」

「ああ。本部の捜査員てのは、書類仕事ばかりだな。うんざりだ」

氏家は現場で活《い》き活《い》きとするタイプだ。たしかに、警察本部の職員になると書類仕事が増える。

「照美のことだが……」

「ああ……」

「自宅に電話したら、まだ誰も訪ねてきていないそうだ」

「奥さんに話したのか？」

「話していない。捜査情報を洩らすわけにはいかないだろう」

「堅いな……。奥さんと娘だぞ」

「堅いとか、柔らかいとかいう問題じゃない。照美が強制捜査を受けるようなことがあれば、俺のクビも危ういが、もし今、二人に捜査情報を洩らしたりしたら、その時点で俺は警察を辞めなければならなくなる」

「本当に石頭だ。もっと、柔軟に考えられないのか？　照美ちゃんが犯罪に加担しているはずがないんだ」

「そうだとしたら、調べればすぐに明らかになる」

「警察を信頼しているんだな？」

「もちろんだ」

「警察が犯罪者を作ろうと思ったら、簡単なんだぜ」

「何を言うんだ……」

「起訴された事案の有罪率は、九十九・九パーセントだよ。つまり、刑事と検察が結託してしまえば、どんな相手でも有罪にできる」

　樋口は驚いた。

「本気でそんなことを言っているのか？」

「本気だよ。あんたは、強行犯担当で堅い事案を追っているが、生安は風俗関係とか、迷惑条例違反だとか、グレーゾーンを扱うことが多い。そういうところでは、実感するんだ。俺たちは、いつでも犯罪者を作ることができるってな……」

「照美もそういう目にあうかもしれないということか？」

氏家の笑い声が聞こえた。

「薬が効きすぎたようだな。今のところ、事情聴取はすべて任意だし、照美ちゃんが署に身柄を取られるようなこともないだろう。玄関先でちょっと話を聞いて、それで終わりだろう」

「脅迫メールなんだろう？」

「担当者は、遠隔操作ウイルスだろうと言っている。だから、万が一、照美ちゃんのパソコンから送信されていたとしても、照美ちゃんはあくまで参考人だし、パソコンを利用された被害者でもあるわけだ」

氏家の話を聞いているうちに、樋口は落ち着いてきた。

そうだ。何も、照美が犯罪に手を染めたわけではないのだ。おそらく、照美はパソコンを誰かに利用されただけなのだろう。

だとしたら、強制捜査になるはずもなく、したがって樋口がスキャンダルに巻き込まれることもない。

「わかった。忙しいところを、すまなかった」

「かまわないよ。もともと、俺のほうから電話したんだからな」

「ありがたく思ってる」

「それで、痴漢の件は、どういうことになっている？」

「いちおう、捜査会議でも発表したが、課長をはじめとして、誰もたいして気に留めていない様子だった」

「あんたも気にならないのか？」

「別に気にならない」

「そうか……。わかった」

「じゃあな」

樋口は電話を切った。

氏家に電話してよかったと思った。ずいぶんと気分が軽くなっていた。

車から降りようとして、ふと樋口は気になった。

氏家は、どうして痴漢の話なんか、俺に尋ねたのだろう……。

外で昼食を済ませようかと思ったが、あまり長い間席を外すのは気が咎《とが》めた。

席に戻ると、天童が言った。

「刑事指導官から聞いたぞ。なんとかおさえられそうだって？」

樋口はこたえた。

「ええ、刑事指導官のおかげです」

「これで一安心だな」

「いえ、そうも言っていられないと思います。いずれ他社も気づくでしょう。下柳は話がわかる男でしたが、みんながみんなそうだとは限りません」

「そのときにはまた、刑事指導官にお願いするさ」

天童の言葉に、小森が言った。

「それ、堅苦しくないですか？　いちいち刑事指導官とお呼びするの……。小泉さんで、いいでしょう？」

小泉がこたえた。

「私は何と呼ばれてもかまいません」

小森が言った。

「じゃあ、俺は、小泉さんと呼ばせていただきますよ」

「蘭子でもけっこうですよ」

小森は目を丸くしてかぶりを振った。

「とんでもない」

小泉は、にこりともしなかったが、今のが冗談であることは間違いなかった。

ほう、この人は冗談も言うのだな……。

樋口は妙なことに感心していた。

昼食を終えてしばらくすると、お決まりの倦怠の時間がやってくる。

栃木県鹿沼市から連絡があったのは、そんな時間帯だった。樫田臨の実家を訪ねていた捜査員からの報告だった。

鑑取りの取りまとめを担当している樋口がその電話を受けた。

「両親は健在ですが、樫田臨の現住所は知らないようですね」

「どういうことだ？」

「彼らが知っている住所は、我々が知っているのと同じものでした。つまり、転居前の住所です」

「両親にも転居先を知らせていないということか……」

「両親から樫田の友人の名前を何人か聞き出し、地元に残っている同級生などに当たりましたが、やはり、みんな転居前の住所しか知りません」

「どうして転居先を知らせないんだろうな……」

「……というか、転居などしていないのかもしれません」

「転居していない……？」

「ええ、ただアパートを追い出されただけなのではないでしょうか」

「ホームレスか……」

「そうです。インターネットカフェなどを転々として暮らしている若者も少なくないということですから……。幸い、両親から携帯電話の番号を聞き出せました。辛うじて携帯で連絡が取れるので、両親もそれほど心配はしていなかったようです」

樋口は、捜査員から樫田の携帯電話番号を聞き、メモした。

「これ以上、こっちにいても、わかることはないと思いますが……」

「もし、樫田が犯人なら、実家に舞い戻る可能性もある。しばらく張ってみてくれ」

これは、きつい指示だ。

実家を訪ねたのは二人だけだ。つまり、二人きりで張り込みを行わなければならない。長期の張り込みには交替要員が必要だが、遠隔地とあってそれも送ることができない。

「了解しました」

それでも捜査員は、力強くこたえた。地味な仕事かもしれないが、こういうがんばりが警察を支えているのだと、樋口は思う。

天童に、樫田の携帯電話番号を知らせ、すぐに通信業者に問い合わせをした。電源が入っていれば、居場所が特定できる。

また、樫田が住所不定の可能性があることも報告した。

天童は、幹部席の田端課長のもとに行った。令状を取れば、携帯電話の通信履歴も手に入る。その相談だろう。

午後三時過ぎには、携帯電話の基地局が特定された。池袋駅東口の近くだ。

捜査員たちをその地域に急行させた。いよいよ捕り物が近い。そんな実感があった。

そうなると、倦怠感など一気に吹き飛ぶ。捜査員たちの士気も上がる。

樫田臨の身柄を確保したという知らせが入ったのは、午後四時頃のことだった。携帯電話の番号が判明してから一時間半ほどしか経《た》っていない。

携帯電話が普及して、世の中はずいぶん変わった。どこでも通話できるだけでなく、いつでもメールを送り、写真を撮ることができるようになった。その写真を即座に送ることもできる。

一般人の生活が便利になったと同時に、警察もおおいに恩恵をこうむることになった。

固定電話の場合、逆探知に時間がかかったり、電話会社職員の専門知識を要したものだが、今は、比較的簡単に発信源のエリアを特定することができる。

携帯電話は常に基地局と微弱電波により情報のやり取りを行っており、それを特定することができるのだ。

身柄確保の知らせは、捜査本部に独特の安堵感と高揚感をもたらす。

田端課長の声もいつもより大きい。

「世田谷署に身柄を運んでこい。ヒグっちゃん、取り調べを頼む。自白を取れたら大金星だぞ」

取り調べにはベテラン捜査員が当たる。樋口は、本部の係長なので、指名されたのはまず順当なところだ。

樋口も取り調べには慣れている。課長が言ったとおり、自白でも取れれば大きな手柄になる。

多くの捜査員は、取り調べをやりたがる。身柄確保までの捜査も重要だが、何より取り調べは腕の見せどころなのだ。

だが樋口は、できれば他の者にやってもらいたいと思った。やる気がないわけではない。手柄がほしくないわけでもない。

ただ気後れするのだ。手柄や名誉よりも先に、責任の重さを感じてしまう。

いざ、参考人や被疑者を前にすれば、ほぼ自動的に手順を踏むことができる。やるべきことはすべてわかっているし、取り調べに集中できることもわかっている。これまで、大きな失敗はしたことがない。

それでも、誰か他の者にやってもらいたいと思ってしまう。できるだけ、傍観者でいたいのかもしれない。誰もそんな樋口の気持ちには気づかないだろう。

やがて、樫田の身柄が到着した。

午後五時に事情聴取を始めた。樫田は逮捕されたわけではない。現時点では、重要参考人であり、あくまでも任意同行だ。

樋口は、小森と小泉に同席してくれるように頼んだ。小森は補佐役だ。小泉には、専門家として樫田を観察してもらって、後で意見を聞きたかった。

取調室の樫田は、落ち着かないというより、どこか呆然《ぼうぜん》とした印象があった。今、自分が置かれている立場が、まったく理解できていないという様子だ。

ジーパンにグレーのパーカという服装だ。どちらも、薄汚れている。

捜査員の話だと、池袋駅近くの歩道を歩いているところを発見したそうだ。ぼんやりした様子で歩いていたという。

やせ型で、身長は標準だろう。髪が伸びていた。

樋口が樫田の正面に座り、小森は樋口の脇に腰を下ろした。小泉は、記録席の横だ。

まず、氏名、生年月日、住所、職業を尋ねる。

住所、職業については、「ありません」というこたえだった。やはり、住所不定だったようだ。そして、無職だ。

樫田は、困惑した表情のまま、樋口を見て言った。

「ええと……。俺はどうしてここに連れてこられたんですか?」

これからそれを、おまえから聞き出すのだ。

樋口はそう思っていた。

9

樋口は、被害者・南田麻里の顔写真を樫田に見せた。犯行現場で撮られた遺体の写真だ。こういう写真を見せるだけで、自白をしてしまう被疑者もいる。

樫田は、眉をひそめてじっとその写真を見つめている。

樋口は言った。

「その写真の人物を知っているな?」

樫田は顔を上げて、樋口を見た。

「ええ、知っています」

「誰だ？」

「アヤカでしょう？」

樋口は、樫田が言い逃れするために適当なことを言っているのかと思った。

小森が耳打ちしてきた。アヤカというのは、南田麻里の源氏名だということだ。

「本名は知っているか？」

「ええ、南田麻里ですよね」

「殺害されたことも知っているな？」

「知っています。ネットのニュースで見て驚きました。そのことで、俺はここに連れてこられたんですね……。でも、俺は、アヤカの個人的なことは、ほとんど知りませんよ」

「自宅は知っていただろう？」

樫田が一瞬、戸惑いを見せた。樋口は、それを見逃さなかった。

「知っています」

「どうやって自宅を知ったんだ？」

「アフターの帰りにタクシーで送ったことがあったんです」

「自宅の前まで送ったのか？」

「あ、いえ……」

「じゃあ、どうやって自宅をつきとめたんだ？」

「彼女がタクシーを降りてから、こっそりとあとをつけたことがあるんです」

「自宅をつきとめて、それから何をした？」

樫田は驚いた顔を見せた。

「何って、別に何もしていません……」

「彼女は、ストーカー被害について、警察に相談している」

「ああ……」

樫田は顔をしかめた。「そのことですか……」

否定はしなかった。樋口は、この反応にひっかかりを感じた。

「南田麻里さんに対するストーカー行為を認めるんだね？」

「認めるもなにも……。警察は、こちらの言い分など聞いてくれないんでしょう？」

「ストーカー行為があったから、彼女は警察に相談した。そして、警察署長からの警告が出された。それが事実だろう？」

「そういうことになっていますね。だから、俺は、仕事もクビになり、収入がなくなってアパートも追い出されてしまった……」

「それを怨《うら》みに思っていたということか？」

「さあ、どうでしょうね」

「どうでしょうね、だって？　自分のことだろう」

「最初は、誰かを怨んでいたかもしれません。アヤカが俺のことを警察に相談したって、会社の上司に知らせたやつのこととか……。もちろん、アヤカ本人も……。でも、そのうちにどうでもよくなってしまったんです。アヤカのことがなくても、どうせ長く会社勤めはできなかったかもしれないし……」

樋口は、確認した。

「南田麻里さんに対して、怨みを抱いていたことは認めるんだな？」

樫田は、しばらく考えてからこたえた。

「ええ、そうですね」

「怨みを抱いていたのかどうか、はっきりとこたえるんだ」

「怨んでましたよ」

この証言は大きい。殺人の動機と解釈することができる。

これが刑事の尋問だ。起訴するための材料をかき集めるのだ。検察官は、それを吟味し、さらに自分で取り調べをして、確実に有罪にできると判断したら、起訴に踏み切る。

日本の刑事裁判で有罪率が異常に高いのは、検察官の判断が重視されているからだ。逮捕された者のうち、起訴されるのは約半分に過ぎないのだ。

一般に、有罪率だけを取り沙汰され、「捕まったら有罪にされる」という印象を、マスコミが与えているが、それは間違いだ。

小森が、何も言わずにかすかにうなずいた。彼も、被害者に怨みを抱いていたという一言に手ごたえを感じたに違いない。

樋口は、そう考えて、事情聴取を進めることにした。

「十月五日の夜、何をしていた？」

「十月五日……？」

樫田は、しばらく考えていたが、やがてかぶりを振った。「覚えてませんね……」

「一昨日の夜のことだ。思い出せないはずがないだろう」

「どこかでぼんやりしていたと思いますよ。何もすることがないんですから……」

「アパートを追い出されたと言ったな？　それはいつのことだ？」

「一週間くらい前です。家賃を二ヵ月分滞納したので……」

「どこで寝泊まりしていたんだ？」

「ネットカフェとか……。公園のベンチなんかで寝たこともあります」

「一昨日の夜のことを思い出すんだ。午後九時から十一時の間だ。どこにいた？」

人間の記憶というのは曖昧なものだが、その反面、驚くほど多くの記憶が隠されているものだ。たいていは、それを引き出すことができないのだ。

きっかけがあれば思い出す可能性は高い。

事件当時、何をしていたかの証言を得るのは重要だ。たいていの被疑者は、現場とは別の場所にいたと言い張る。それが嘘ならば、周辺情報との矛盾点を衝《つ》いて、攻めるための材料にすることができる。

本当ならばそれを確認することで、冤罪《えんざい》を防ぐことになる。

樫田が溜め息をついた。

「たぶん、池袋の公園にいたと思います。どこで寝ようか考えていたんです。アパートを出た当初は、いろいろなことを考えていました。早く職を見つけよう、とか、誰か頼りにできる人はいないか、とか……。でも、そのうちに、どこで寝るかが切実な問題になってきました。そして、そのことしか考えられないようになっていくんです」

「どこで寝たかを思い出せば、その前にどこにいたか思い出せるだろう」

樫田はまた考え込んだ。

「その日は、池袋の公園で寝てました」

「池袋のどこの公園だ？」

「サンシャイン60の近くです」

「どうしてそこにいた？」

「理由はありませんよ。四日前に、池袋で住み込みのバイトの募集があって、やってきました。それからずっと池袋にいます。駅のそばは、他のホームレスの縄張りがあったり、怖い人たちがたくさんいるので、だんだん駅から離れていって……」

「住み込みのバイトはどうなったんだ？」

「パチンコ屋だったんですけど、訪ねていったときには、すでに他の人に決まっていました。そういうおいしい話には、あっという間に人が殺到しますからね」

「もう一度訊く。十月五日の午後九時から十一時頃は、どこで何をしていた？」

「サンシャインの近くの公園でぼんやりしていましたよ。結局そこから動けず、新聞紙をかき集めて寝ました」

「それを証明してくれるような人はいるか？」

「いませんよ。誰とも話をしていませんし……」

樫田が身柄確保されたのは、たしかに池袋駅の近くだった。彼の生活状況を考えると、四日前から池袋にいたという話は、信憑性《しんぴょうせい》があるように思える。

だが、樫田が犯人だとしたら、その話は嘘だということになる。

「その住み込みバイトを募集していたパチンコ屋は、どこの何という店だ？」

樫田は、すぐにこたえた。小森がそれをメモして席を外した。誰かに確認を取らせるために廊下に出たのだ。

パチンコ屋で確認が取れなければ、樫田が嘘をついている可能性が高まる。樋口は、確認が取れないことを祈った。

だが、もしパチンコ屋で樫田が面接に来たという確認が取れたとしても、樫田が五日の午後九時から十一時まで池袋にいたことが証明されるわけではない。

池袋から殺人現場である世田谷区三宿に移動し、また池袋に戻った可能性は否定できないのだ。いずれにしても、現時点では決定的な判断材料はない。

アリバイよりも動機で攻めるべきだと、樋口は思った。

「南田麻里さんは四ヵ月ほど前に、ストーカー被害を相談していた。君は、彼女をしつこくつけ回したんだな？」

樫田は、肩をすくめた。

「別にしつこくつけ回したつもりはないんですけどね……。まあ、お気に入りだったんで、アフターとかには誘いましたよ」

「あとをつけて自宅をつきとめたんだろう？」

「それくらいのことは、普通にやるんじゃないですか？　どこに住んでいるか、知りたいと思うでしょう」

こういう場合、相手が同意を求めてきてもそれに応じてはいけない。

「自宅を知ってどうするつもりだったんだ？」

「別に……。住んでいるところを知っているだけで、なんだか関係が近づいたような気になるじゃないですか。それだけのことですよ」

「自宅を訪ねたことはあるのか？」

「ないですよ」

「嘘をつくな。一昨日の夜に訪ねていったんじゃないのか？」

樫田は樋口を見つめて言った。

「行ってないですよ。池袋の公園にいたと言ったじゃないですか。どうして俺が彼女を訪ねていったなんて思うんです？」

「君は、一昨日の夜に、南田麻里さんに会いに行った。最初は、話をするつもりだったのかもしれない。だが、その話がこじれて言い合いになり、その結果、君は彼女を殺害した。そうじゃないのか？」

樫田は、ぽかんと口をあけて樋口を見ていた。やがて眼を大きく見開いた。

「え、何……。どういうこと？　俺、疑われているんですか？　てっきり、アヤカのことを尋ねられるだけだと思っていたんだけど……」

これは演技に違いないと、樋口は思った。罪の意識がある以上、自分に容疑がかからないなどと思ってはいられないはずだ。

いつ警察に捕まるか、ずっと恐れていたはずだ。

恐れていた……。

そこまで考えて、樋口はふと不思議に思った。樫田に、何かを恐れている様子はまったくなかった。

恐れも不安もなく、ただ戸惑っているだけに見えた。それも演技だとしたらたいしたものだ。

例えば、暴力団員のように、何度も警察に捕まっているような連中でも、恐怖や不安はなかなか隠せない。だから、彼らはたいてい虚勢を張る。

偉そうに振る舞うことで、恐怖や不安を誤魔化すのだ。一種の開き直りでもある。
だが、樫田にはそんな様子も見られなかった。自分の感情をコントロールしていると
いうことだ。
だとしたら、手強《てごわ》い相手ということになる。見た目は、頼りない男だが、意外とした
たかなのではないだろうか。
アパートを出たのも計画のうちかもしれない。事実、身柄を確保するまでかなりの時
間がかかった。ホームレスを装って潜伏していたのではないだろうか。
「君は、南田麻里さんに対してストーカー行為をはたらき、そのために警察から警告を
受けていた」
「それは認めますよ。だからって、俺が殺したことにはならないでしょう」
「そのストーカー行為がもとで、君は会社を辞めることになり、さらにはアパートも追
い出されることになった。そのことで、彼女を怨んでいると言っただろう」
「殺すほど怨んでいたわけじゃないです。もう、彼女のことなんて忘れようとしてい
たんですよ」
「忘れようとしても、どうしても忘れられなかった。それで、君は彼女の自宅を訪ねて
いった。そうじゃないのか？」

「とんでもない。もう彼女となんか関わりたくないと思っていましたよ。まあ、実際、店に行けなくなってから、相手にもされませんでしたけどね……」

「そういう彼女の態度にも腹を立てていたんじゃないのか？」

「そりゃ、ムカつきましたよ。でも、彼女には会っていません。連絡も取っていないんです」

「連絡を取っていないかどうか、携帯電話を調べればわかることだ」

「調べたければ調べてくださいよ」

開き直ったのだろうか。それとも、携帯電話を調べられても何も出てこないという自信があるのだろうか。

早い段階から、彼女を殺害する計画を立てていたとしたら、記録が残る携帯電話は使用せずに、公衆電話などを使って彼女と連絡を取った可能性もある。

「おまえは、彼女を殺害した。理由は、警察にストーカーの相談をしたことへの怨みだ。調べが進めばわかることだ。抵抗するだけ辛い思いをするだけだ」

樋口は意識的に「君」から「おまえ」に切り替えた。妥協するつもりは一切ないという意思表示だ。

「俺は、もうアヤカのことなんてどうでもよかったって言ってるでしょう。俺が殺すわけがない」

さらに、追及しようとしたとき、小森が戻ってきた。樋口は尋ねた。

「パチンコ屋の確認は取れたか？」

小森が耳打ちした。

「対応した店員が覚えていた。捜査員が写真を見せて確認を取った」

四日前に池袋のパチンコ屋を訪ねたことは嘘ではなかったということだ。しかし、樫田が言っていることすべてが本当だとは限らない。

池袋から世田谷区三宿に移動し、また池袋に戻る。通常ではあまり考えられない行動だが、何らかの工作をするつもりだったと考えれば納得できる。

「パチンコ屋では、何と言っていたんです？」

樫田が不安気な表情で尋ねた。

小森は、相手に有利な材料を与えないために、樋口に耳打ちしたのだ。さすがに、強行犯係の係長だ。このへんの呼吸は心得ている。

質問しているのは樋口のほうであり、相手の質問にこたえる必要はない。それを理解させるために、樫田の質問は無視した。

小森が元の席に戻ると、樋口は言った。

「今、マンションの近くの防犯カメラの映像をチェックしている。おまえの姿が映っているはずだ。そうなったら言い逃れのしようはないぞ」

「俺が映っているはずはないですよ。だって、俺、あいつのマンションなんて行ってないんだから……」

樫田の顔色が悪くなってきた。明らかに緊張が高まっている。今まで警察を甘く見ていたのかもしれない。

「正直に何もかも話してしまえば、こちらも対応を考える。手こずらせると、それだけ処分もきつくなるぞ」

本当は、刑事が量刑を左右できるはずもないのだが、取調室でこういうことを言われると、大きなプレッシャーになることは間違いない。

「俺は、殺してなんていません」

樫田は、さらに困惑した様子だった。先ほどまでの、どこかのほほんとした彼とは別人のようだ。

「あの……」

今まで沈黙を守っていた小泉が言った。「ちょっと、よろしいですか？」

樋口は驚いた。まさか、彼女が口を出すとは思わなかったのだ。樋口は、記録席のほうを振り向いて言った。

「何でしょう?」

「質問させていただいてよろしいですか?」

実は、「よろしく」なかった。デリケートな瞬間だ。今、樫田は迷っているはずだ。落とすためには、ここで追及の手を緩めたくない。

小泉には、尋問を終えた後に意見を聞きたかっただけなのだ。断ろうかとも思った。だが、小泉の眼差しがいつになく厳しいのに気づいた。ここで攻め手を替えるのも手かもしれない。そう思うことにした。

10

「どうぞ」

樋口に促されて、小泉が樫田に言った。

「あなたは、先ほど、こう言いましたね? 警察は、こちらの言い分など聞いてくれないのでしょう、と……」

樫田は言った。

「今もそう感じてますけどね……」

「ストーカーの相談について、不満があるということでしょうか？」

「警察沙汰になるようなことは、何もしていないということですよ。それなのに、警察は一方的に警告してきたんです」

「具体的にどのようなことがあったのか、説明してくれませんか？」

樋口は、苛立った。

ストーカーの話なら後でゆっくり聞けばいい。今は、殺人を自白するかどうかの瀬戸際なのだ。おそらく、小森も同様に思っているはずだ。

だが、尋問する側が対立するわけにはいかない。しばらく黙って話を聞くしかないと、樋口は思った。

樫田がこたえた。

「さっき言ったとおりですよ。店に通っている頃、俺はアヤカのことを気に入っていましたからね。指名もしたし、アフターにも誘いました」

「それだけで、ストーカー扱いされることは、まずないでしょう。どうして、アヤカさんが警察に相談するようなことになったのでしょう？」

「知りませんよ。アヤカに訊いてほしかったですね」

「あなたは、アヤカさんにつきまとったり、待ち伏せをしたりといった、精神的な苦痛を与える行為をしたのですか？」

「そんなことはしていません」

「しつこく、一日に何度もメールをしたりとかは……？」

「してません」

「それなのに、アヤカさんはあなたのことを警察に相談しようとしたんですか？」

「たぶん、俺を困らせるためでしょうね」

「なぜあなたを困らせようとしたのでしょう？」

樫田は、口ごもった。小泉がさらに尋ねた。

「何か理由があったのですか？」

「付き合ってくれって言ったんですよ」

「本気でお付き合いするつもりだったのですか？」

「ええ、まあ、そのときは……。俺も女を見る眼がなかったということですよね」

「それはどういうことですか？」

「知ってるんでしょう？　アヤカは、俺以外にもストーカーの相談をしたことがあるんですよ。男を切るために、そういうことを平気でやるやつなんです」

樋口は、体をひねって小泉を見た。小泉も樋口を見ていた。何か言いたげだった。

樋口は樫田に言った。

「ちょっと一休みしよう」

樫田が言った。

「まだ帰してもらえないんですか？」

「本格的に話を聞くのは、これからだ」

樫田が困り果てたように樋口を見ていた。樋口は目をそらして立ち上がり、取調室を出た。続いて小森と小泉も廊下に出てきた。

樋口は小泉に言った。

「ストーカーの話は、自白をした後にいくらでも聞けます。話を聞くのは私たちに任せてください」

小泉はまっすぐに樋口を見て言った。

「樫田は、ストーカーではありません」

樋口は、彼女が何を言ったのか、一瞬理解できなかった。

「でも、南田麻里は、彼のことを世田谷署に相談しているんですよ」

「それについては、樫田が言っていることが正しいのではないかと思います」

「樫田が言っていることが正しい？」

「南田麻里は、樫田を困らせるために警察に届けを出そうとした可能性があります。別の男性についてもストーカーの届けを出したことがあると言っていました。それを確認したほうがいいと思います」

それを聞いて、小森が言った。

「世田谷署で相談を受け付けたのは、樫田についてだけでした。それは記録に残っているので確かです。でまかせじゃないんですか？」

「そうとは思えません。別の警察署に相談したのかもしれません」

樋口は言った。

「だとしても、彼がストーカーではなかったことを証明することにはなりません。南田麻里が、樫田にストーカー被害にあっていると、世田谷署に相談していることは事実なんです」

「それは、南田麻里が作り上げた事実に過ぎません」

「ちょっと待ってください。彼がストーカーだったというのは、殺人の動機として大きな要素なんです。今、被疑者の言い分に耳を貸すことはできません」

「私は、殺人の捜査に口出しできる立場ではありません。しかし、ストーカー行為についてはちゃんと発言すべきだと思っています」

小森が興奮した面持ちで言った。

「被疑者を落とすためには、確固とした信念が必要なんだ。樫田はストーカー行為で警察に相談されていた。それを会社に知られてクビになった。それを怨んで、南田麻里を殺害した。これ以上わかりやすい話はない。この筋で被疑者を落とすんだよ。余計な茶々を入れないでほしいね」

小森の言うとおりだった。被疑者から自白を引き出すのは、神経戦だ。あらゆる手段を使い、相手の反応を読み、集中力を失わずに攻め続けなければならない。

小泉にはそうした刑事の意気込みが理解できないに違いない。

樋口は言った。

「彼が本当にストーカーだったかどうかは、本質的な問題ではありません。警察から警告を受けたことで自分の生活の基盤を失い、路上生活者になり、そのことを怨みに思っているということが重要なんです」

小泉が意外そうな顔で言った。

「本質的な問題ではない？　そんなはずはありません。だって、樫田に疑いがかかったのは、もともとは彼が被害者に対してストーカー行為をはたらいていたという情報があったからでしょう？」

「当初はそうでしたが、今はすでに段階が進んでいます」

「殺人のことには口を出したくはありませんが……」

小泉はしっかりとした口調で言った。「樫田がストーカーでないということは、殺人の容疑者としての根拠を失ったのだと、私は思います」

「冗談じゃない」

小森が吐き捨てるように言った。「あいつは、必ず落とさなきゃならないんだ」

小森が興奮することで、樋口は逆に冷静になれた。小泉はストーカー問題の専門家だ。そして、彼女が言うとおり、樫田の容疑の根拠は、被害者に対するストーカー行為だった。

もちろん、心情としては小森の側に立ちたい。だが、ここで小泉の意見を無視することにも抵抗を感じた。

いつものことだが、俺は優柔不断だ。そんなことを思いながら、樋口は小泉に言った。

「樫田がストーカーではないと主張される根拠は何ですか？」

「彼は、南田麻里に執着していません。お気に入りのホステスにちょっと本気になった……。その程度のことです。これはストーカー行為には当たりません」

「嘘を言っているのかもしれない」

小泉はきっぱりと首を横に振った。

「いいえ。彼の供述は、具体的で矛盾点がありません」

「あなたは、被害者のことを、樫田と同じようにアヤカと呼んでいましたね？」

小泉がうなずいた。

「それも、樫田がストーカーではない根拠の一つです。彼にとって南田麻里は、あくまでもキャバクラに勤めていたアヤカであって、現実の南田麻里ではなかったのです。だから、私もそれに合わせて、アヤカと呼びました」

「何度も言いますが、南田麻里は世田谷署にストーカー被害で相談をしているのです」

「問題は、樫田のほうではなく、南田麻里のほうにあったのかもしれません」

「どういうことです？」

「犯罪行為があったことと、それが犯罪として認知されることは別だと申したことを覚えておいでですか？」

「覚えています。被害者が警察に届けたり、訴えたりしない限りは、ストーカーなどの犯罪は顕在化しないという話ですね？」

「南田麻里は、最低でも三回、警察にストーカーなどの相談や訴えをしたことになります」

樫田が言うとおりなら、たしかにストーカーで二回、痴漢で一回、警察と関わっている。

「それがどうかしたのですか？」

「ストーカーにあうような女性は、痴漢にもあいやすいのか、という質問を受けたときにおこたえしました。たしかに、そういう被害に頻繁にあう女性がいます。それは、つまりそうした行為を顕在化させる傾向がある女性である場合が多いのです」

「今、そんな話が必要なんですか？」

小森が苛立ちを募らせた様子で言った。「いいですか？　樫田は、被害者の自宅を知っていた。そして、被害者のことを怨んでいたと、はっきり供述しているんです。アリバイもはっきりしない。これ以上、何が必要なんです？」

小泉が小森に言った。

「道理です」

「道理ですって？　それはいったい何のことです？」

「樫田が被害者に対してストーカー行為をはたらいていたという情報がなければ、彼に容疑はかからなかった。それが道理です」

「それについては、樋口さんも言っていたでしょう。本当にストーカーだったかどうかよりも、警察沙汰になったことで、被害者を怨んでいたことが重要だ、と……」

「ですから……」

小泉が言った。「殺人に関しては、これ以上は何も申し上げる気はありません」

つまり、俺たちに下駄を預けるということだな……。

樋口はそう思った。

小森が樋口に言った。

「聴取を再開しよう。捜査幹部も期待している。何が何でも落とさなきゃ……」

小泉が言った。

「私は席を外しましょうか？　もし、そのほうがよければ……」

樋口は、迷いはじめていた。

通常、刑事は小森が言ったような考え方をする。それが刑事の仕事だからだ。

つい先ほどまで、樋口もまったく同じことを考えていた。捜査幹部や他の捜査員の期待にこたえるためにも、なんとか樫田を落としたい。

「樫田が落ちた」という知らせを聞いたときの、田端課長や天童の顔を想像していた。

小森が言ったとおり、迷いがあっては被疑者を落とすことなどできない。刑事の仕事をこなすためには、小泉の同席を見合わせたほうがいい。

だが、樋口は、その決断を下せなかった。小泉が言ったことを考えていた。それが妙に気になりだした。

樋口は小森に言った。

「南田麻里が、別の署にストーカー被害について届けを出したり相談したりしていないか、調べてくれないか」

小森は一瞬、むっとした顔になった。しかし、思い直したように言った。

「樋口さんがそう言うのなら……」

「頼む」

小森は、小泉を一瞥《いちべつ》してから歩き去った。

樋口は、小泉に言った。

「樫田がシロだとお考えですか？」

「何度も言いますが、私はそういうことを発言できる立場にはありません」

「ご意見をうかがいたいのです。アドバイスをいただけるのですよね？」

小泉は、しばらく考えてから言った。

「樋口さんは、どうお考えですか？」

「そうですね……」

いろいろな判断が必要な場面だ。ここで小泉に迎合する必要はない。だが、無視すると後で悔やむことになるような、嫌な予感がしていた。

今は二人きりだ。正直に話しても問題はないだろう。

「実は、樫田の態度が気になっていました。彼は、身柄を運んでこられたときに、あまり緊張していませんでした。まるで、自分に殺人の容疑がかかっていることなど考えてもいなかったように……」

「本人もそのように発言していましたね」

「そして、殺人の話を始めると、驚いた様子を見せ、それからどんどんと緊張が強まっていったように見えました。私は、彼が演技をしているのかと思いました」

「今はそう思っていないのですか？」

「わかりません。ただ、もし演技をしているのだとしたら、樫田はおそろしく手強い相手だと言わねばなりません」

「意見を聞きたいとおっしゃったので、あえて申しますが……」

「はい」

「私には、彼が演技をしているようには見えませんでした」

「つまり、自分に殺人の容疑がかかることなど想像もしていなかったと……」

「樫田の発言や態度を総合して判断すると、私にはそう思えます」

「人を殺しておいて、その容疑がかかることを恐れない者は、ほとんどいません」

「例外はあります」

「例外……？」

「反社会的な精神病質者、いわゆるサイコパスです」

たしかに、サイコパスは、著しく良心が欠如していて、平然と嘘をつく。罪悪感もなければ後悔もしないといわれている。

「樫田は、サイコパスだと思いますか？」

「私には判断ができません。心理学を学んではいますが、あくまでも私の専門はストーカーです」

「ストーカーの中にもサイコパスはいるでしょう？」

「それは否定できません。そして、サイコパスがストーカーの場合、その行為はエスカレートして、殺人に至ることもあります」

「樫田がサイコパスだとしたら、今回の事案も説明がつくということですね？」

「理論的にはそうです。しかし……」

「しかし、何です？」

「もし、そうでなかったら、樫田は殺人を犯していない可能性が高いということです」

樋口は考え込んだ。長い間黙っていたので、小泉がやや不安な面持ちで言った。

「いつまでも樫田を放っておくわけにはいきません。事情聴取を再開しますか？」

「そうですね……」

「私は同席しないほうがいいですか？」

樋口は、ようやく決断した。

「いや、いっしょに話を聞いてください。また、あなたのアドバイスが必要になるかもしれません」

樋口は、小泉とともに取調室に戻った。樫田は、落ち着きをなくしていた。常に手を動かしたり、髪や顔に触れたりしている。視線も定まらない。

記録係と二人きりでいる間に、さらに不安と緊張が高まったのだろう。樋口は記録係に尋ねた。

「何か話をしたのか？」

記録係がこたえた。

「いえ、何も話していません」

樋口はうなずいた。

それでいい。記録係が無言でいることが、樫田にとって大きなプレッシャーになったのだろう。

樋口と小泉は、先ほどと同じ席に座った。樫田が不安げに樋口を見ている。

樋口は、型通りに言った。

「正直に話してくれないか。そうすれば、悪いようにはしない」

樫田は、ごくりと喉仏を動かしてから言った。

「正直に話しています。俺が言っていることは全部本当のことです」

「十月五日の夜のことを、もう一度話してくれ」

樫田は、顔をしかめた。

「だから、俺は、池袋の公園にいたんですよ。そこで、ずうっとぼんやりしていたんです。食べるものと寝る場所のことしか考えられませんでした。動く気力もなかったんです」

同じことを何度も質問するのも、刑事のテクニックの一つだ。嘘をついていると、必ず一致しない発言をするものだ。それが突破口になることもある。

「だが、おまえは最初、覚えてないと言ったんだ」

「思い出せと言うから必死で思い出したんです。間違いなく、俺はその夜、公園にいました」

「だが、それを証明してくれる人はいない」

樫田は押し黙った。

この沈黙は何を意味しているのだろう。樋口は考えた。

被疑者が落ちる直前、ふと沈黙することがある。もしかしたら、それかもしれないと、樋口は期待した。

樫田が言った。

「やっぱり、警察は俺の言うことなんて聞いてくれないんですね。ストーカーのときもそうだった……。俺は、つけ回したり待ち伏せしたりなんてしていないと言ったんです。でも、警察官がやってきて、脅すように言ったんです。そんなことを続けていると、ムショに入ることになるって……」

「実際に、公安委員会の禁止命令に逆らったり、被害者が告訴した場合は、逮捕され起訴されることになる」

「そのときの警察官は、嘲るように言ったんです。そんなことをして、恥ずかしくないのか、と……。俺は言いましたよ。だから、そんなことはしていないんだって。その警官はまったく信じてくれませんでした」

警察官が悪いわけではない。

署長名の警告なのだから、その警察官が疑いを差し挟む余地はない。彼は自分の仕事をしただけなのだ。

だが、警察官は何も信じてくれない、などと言われると、樋口の心は揺らいだ。

刑事は疑うのが仕事だ。どんな相手でもまず疑ってかかる。自宅で死亡者が出た場合、変死扱いで、遺族が殺害したのではないかと、まず疑う。その次に、自殺を疑う。

身内を亡くして悲しみに暮れている遺族に対して、殺人の被疑者にするような質問をするのだ。

そんな仕事に嫌気がさしたこともある。そんなとき樋口は、つくづく警察官が性に合わないと思ってしまう。だが、刑事である限りは、それを避けて通れない。

そして、不思議なことに、樋口は一度も警察官を辞めようと思ったことはないのだ。

出入り口の戸が開く音がした。振り向くと小森が立っていた。彼は、部屋に入ってこようとはせずに、戸口で樋口に目配せした。

樋口は立ち上がり戸口に向かった。二人で廊下に出て戸を閉めた。

小森が言った。

「渋谷署に記録があった」

「南田麻里のストーカー被害か？」

「そう。六ヵ月前に届けが出されている」

「なぜ渋谷署だったんだ？」

「南田麻里は、六ヵ月前まで渋谷区東に住んでいた。引っ越したのは、このストーカー被害が原因かもしれないな」

「どういう扱いになっている？」

「このときは、禁止命令が出ているようだな。今、捜査員が詳しいことを当時の担当者に訊きに行っている」

小森の表情が冴えない。やはり、彼は樫田がでまかせを言ったものと考えていたのだろう。

「パチンコ屋の件と、もう一件のストーカー被害……。樫田が言った二つの事実の確認が取れたことになる」

樋口の言葉に、小森は難しい顔になった。

「それはそうだが……」

「渋谷のほうのストーカーについては……？」

「それも、これからだ」

「そちらも充分に鑑が濃いということになるな……」

「重要参考人は、樫田だけではないということになるのかね……」

「この件は誰かに報告したのか？」

「天童管理官には話してある」

　樫田で決まりだと思っていたが、それが怪しくなってきたということだろうか。樋口は、急に疲れを感じた。

　そのとき、樋口の携帯電話が振動した。氏家からだった。

「何だ？」

「話がある。照美ちゃんの件だ」

　樋口は一瞬、言葉を呑んでいた。

11

　小森に一言断って、樋口は取調室の前を離れた。周りに人がいないことを確かめて言った。

「照美に何かあったのか？」

氏家がこたえた。

「明日にも捜査員が自宅を訪ねていく」

ついに、やってくるのか……。

「まあ、仕方がないな。照美のパソコンから脅迫メールが発信されたのは確かなんだろうからな……」

「捜査員は、パソコンが遠隔操作ウイルスに感染しているか、あるいは、その痕跡が残っているかどうかを調べなければならない」

「当然、そうだろうな」

「あんたは、事の重大さを認識していない」

「何のことだ？」

「パソコンを任意で提出してもらうことになる。そして、それを拒否したら、捜索差《さし》押《おさえ》許可状を取って執行しなければならない」

令状の執行と聞いて、樋口はぞっとした。令状が発行されたら、公式にその記録が残る。警察官の娘が捜索差押許可状を執行されたという事実が、だ。

「任意の提出を拒否しなければいいんだろう？」

「だから言ってるんだ。照美ちゃんに、任意で提出するように言っておくべきだ」

樋口は困惑した。

「言っただろう。捜査情報を家族に洩らすわけにはいかない、と……。そういうことをしたとたんに、俺は警察を辞めなければならなくなる」

「たいしたことじゃないだろう。電話して、警察がパソコンを調べに来るから、何も言わないで提出しなさい。そう言うだけのことだ」

そうなのだろうか。

樋口は思った。

本当にたいしたことではないのだろうか。氏家は、年下だが頼りになるやつだ。樋口よりずっと世慣れている。つまり、一般常識を心得ているということだ。

その常識に照らして、彼は電話してきたのだ。

実際に、家族に任意提出を勧めることくらい、どうということはないのかもしれない。

だが、事後、それが担当の捜査員たちに知られたとしたら、どうなるだろう。樋口は、そこまで考えずにはいられなかった。

「いや、そうはいかない」

樋口は言った。「俺が、捜査情報を洩らしたことを、後に担当の捜査員が知ったらどう思う？」

「そんなことまで突っ込む捜査員はいないよ」

「もし、俺がその捜査員なら、事前にパソコンを持っていかれると知っていた参考人は、何か細工をした可能性があると考えるだろう。パソコンを調べられることを知ってから、遠隔操作ウイルスを入れたとか……」

氏家があきれたように言う。

「いつ遠隔操作ウイルスに感染したかは、すぐにわかるんだよ」

「そんなことを言ってるんじゃない。事前に提出または押収されることがわかっている物品は、調べたところで証拠としての能力を失うということだ。よけいに照美に疑いをかけることになりかねない」

「まあ、照美ちゃんが、おとなしく任意提出に応じてくれれば、何の問題もないんだが……」

「そうだ。そのとおりだ。まあ、気を使って、捜査員が訪ねてくることを知らせてくれたのはありがたいがな」

氏家が変に気を回すから、余計なことを考えてしまった。樋口は、そう思った。

照美が、何も言わず自分のパソコンを差し出せば何の問題もないのだ。娘が強制捜査の対象になるということが問題なのだ。

　氏家が言った。

「照美ちゃんが、任意提出を拒んだら、あんたにとってちょっと面倒なことになるぞ」

「それはわかっている。だが、照美が拒否する理由はない」

「そうかな……。誰だって他人にパソコンを持っていかれて調べられるのは嫌なもんだ。ストレージの中には、他人に見られたくないものがたくさん詰まっている。あんただってそうだろう」

「書類を作成したり、捜査のために何かを検索するのに使う程度だ。別に他人に見られたって不都合はない」

「たまげたな……。あんた、本当に堅物なんだな。俺のパソコンには、エロサイトの履歴やフウゾク情報が満載だ」

「照美のパソコンにもそんなものが詰まっているというのか？」

「そうじゃない。だが、他人に見られたくない秘密が隠されていると思う。さっきも言ったが、今やパソコンの記憶装置は脳の一部なんだ」

　樋口は、照美が部屋にこもりがちなことを思い出した。おそらく、パソコンを使って情報を集めたり、ＳＮＳなどでいろいろな人と交流しているのだろう。

メールのやり取りもしているだろう。今回は脅迫メールの捜査だ。特にメールについては詳しく調べられるに違いない。

それに対して照美が、激しく抵抗を感じることは想像に難くない。だが、照美も子供ではないし、ばかではないはずだ。任意提出を拒めば、強制捜査されることくらいわかっているはずだ。

樋口が黙っていると、氏家が言った。

「あんたが話せないというのなら、俺が話そうか？」

そうしてくれと、喉まで出かかった。だが、それはできない。何かあったときに、氏家が樋口の代わりになるということなのだ。

「いや、いい」

「じゃあ、あんたが話すんだな？」

「いや、話さない。俺は、脅迫メールの捜査の妨害はしたくない」

「まったくあきれたもんだ。その石頭は筋金入りだな」

石頭なんじゃない。臆病なだけだと、樋口は思う。

そして、照美のことを信じようと思った。

氏家の言葉が続いた。

「まあ、だからこそ、信用できるんだがな。じゃあ、また何かあったら知らせる」

「すまんな」

電話が切れた。

その瞬間に、樋口はまた迷っていた。このまま携帯電話で照美を呼び出せばいい。警察が来たら、何も言わずにパソコンを提出しろ。そう言えば済むことなのかもしれない。

しかし、それでは警察官として重大な過ちを犯すことになる。規則や法律の問題ではない。間違ったことをするのは、恥ずかしいことなのだ。

樋口は、そう思っている。

昔は、「恥を知れ」と、よく言われたものだ。それが日本人の美徳だったと思う。罪を犯すかどうかについて、一神教の世界では「神が見ている」という抑止装置があるといわれる。

日本では、「恥を知る」という精神が同様の抑止装置だったのではないだろうか。だが、日本もずいぶん変わった。人が見ていなければ、ばれなければ何をしてもいい。そういう風潮が蔓延《まんえん》しているように感じられる。

昔の日本の教育には、さまざまな問題もあっただろう。しかし、「恥を知る」という教えが、根底にあり、それが人々のモラルを形作っていたような気がする。

そういうふうに考えるようになったのは、年を取った証拠なのだろうか。そんなことを思いながら、取調室の前に戻った。

まだ、小森が廊下で待っていた。

「申し訳ない」

樋口が言うと、小森は気づかうような表情で言った。

「何か込み入ったことでも……？」

「いや、そうじゃない」

「どうする？　取り調べを続けるか？」

樋口は、照美のことから頭を切り替えようとした。

そうだ。渋谷署のストーカーの件だ……。

「今、捜査員が当たっているんだったな？」

「じきに、いろいろわかるだろう。渋谷のほうのストーカーの身元とか……」

樋口は時計を見た。

「その結果を待つべきか、それとも、そんなことは気にせず、落とすことに専念するか、正直言って迷っている」

小森はちょっと意外そうな顔で樋口を見た。

「あんたでも、迷うことがあるのか？」

なぜか樋口は、周囲に誤解されている。それをまた強く意識した。

誤解が誤解を生み、今では警視庁本部の係長だ。自分自身では、優柔不断で常に何かに迷い、何かを恐れている。不思議なもので、「俺が、俺が」の警察組織内では、それが、思慮深い態度であり、協調性があると見られるようだ。

樋口は小森に言った。

「いつも迷ってばかりだよ。だから、あんたの意見を聞かせてくれないか」

「被害者を怨みに思っているという供述を得た。それに、アリバイがない。動機についても、充分だ。ストーカー扱いされたことで、会社をクビになり、アパートも追い出された。それを怨みに思っての犯行だ。攻めれば落ちると思う」

「俺もそう思っていた。だが、小泉さんは、樫田がストーカーではないと言う」

小森が顔をしかめた。

「あの人は、殺人犯がどんなものかわかっていないんだよ。誰もが合理的な判断を下すわけじゃない。最初は冷静に話そうと思っていても、逆上して殺害してしまうことだってある。男女の愛憎が絡めば、さらに感情的になるから、衝動的な犯行の傾向が強くなる」

小森が言っていることはもっともだった。刑事の常識だ。だが、常識だからこそ、疑ってかからなければならないこともある。

「小泉さんの意見にも、耳を傾ける必要があると思う。被害者にも何らかの問題があったかもしれないという……」

「被害者は被害者だよ、樋口さん」

「ずっと気になっていたことがあるんだ」

「何だ？」

「ストーカー行為で、警察から警告を受けたことを会社に知られて、クビになったと、樫田は言っているな？」

「ああ」

「そんなことで、クビを切れるものだろうか」

小森はちょっと考えてから言った。

「クビでなくても、会社を辞めなければならない雰囲気になって辞めたというのなら、本人にとっては同じことだろう」

「二ヵ月分の家賃を溜めて、アパートを追い出されたと言った。だが、二ヵ月分程度の家賃の滞納で退去させられるというのはどうかな……。法的には居住権が優先されるはずだ」

「本来ならばそうだが、この不景気だから、貸し主もいっぱいいっぱいなんだろう。強制退去を求める通知なんかを出しちまう。居住権なんてことは、普通のやつは知らないだろうからな」

樋口は考えた。小森の言うとおりかもしれない。だが、やはり気になる。

「取り調べでそのことを尋ねてもいいだろうか？」

「気になるなら訊いてみればいい。あんたのやりたいようにやればいいさ」

樋口はうなずき、取り調べを再開することにした。

取調室に戻ると、小泉がほっとしたような顔で樋口を見た。それほど長い時間ではないが、被疑者とともに残されて心細かったのだろう。

記録係がいるので、二人きりではないが、それでもやはり、どうしていいかわからなかったに違いない。

樋口は、先ほど記録係に尋ねたのと、同じことを小泉に質問した。

「被疑者と何か話しましたか？」

「いいえ」

「けっこうです」

樫田は言った。

「本当に殺してなんかいないんです。まだ、帰してもらえないんですか？」

樋口は言った。

「泊まるところがないんだろう？　留置場なら蒲団がある」

樫田は、すっかりしょげかえってしまった。何か言い返す元気もないようだ。

「ストーカーについての警告を警察から受けて、それを会社に知られたので、クビになったと言ったな？」

樋口は尋ねた。

「ええ……」

「労働基準法というものがあってな。会社は簡単には従業員のクビを切ることはできないんだ。おまえの場合は、ストーカー行為を会社に知られた懲戒解雇ということになるが、本来、懲戒解雇は、会社の業務に損害や不利益を与えた場合のもので、個人的な事柄は理由として認められない」

「でも、クビになったんです……」

「曖昧な言い方だな。解雇されたのか？　それとも自分のほうから会社を辞めたのか？　どっちだ？」

「解雇されたんですよ」

「本当に、理由はストーカーのことだったのか？」

樫田の眼が落ち着きなく動きはじめた。樋口はさらに問い詰めた。

「そうじゃないんだな？」

樫田がこたえた。

「すいません。本当は、俺の成績も勤務態度もよくなくて……」

「勤務態度がよくない……？」

「会社を休むことが多かったんです」

樋口は、樫田がこう言っていたのを思い出した。「アヤカのことがなくても、どうせ長く会社勤めはできなかったかもしれないし……」

「たしかに、無断欠勤が多いことなどは、解雇の理由になり得る……」

「会社が人員整理をすることになりまして、真っ先に俺が解雇されることになりました。わかってるんです。クビになったのは、自分が悪いんだって……。でも、誰かのせいにしたくて……」

「被害者の南田麻里のせいにしようとしたわけだな？」

「そう信じようとしたんです。そのほうが楽ですからね。自分はだめなやつだって思い続けなくて済むし……」

「たった二ヵ月の家賃滞納でアパートを追い出されたというのも、納得がいかない」

「今回は二ヵ月でしたけど、それまでにも、何度も滞納しているんです。大家さんと不動産屋が弁護士を連れてきたときは、ああ、もうだめだと思いました」

「会社に勤めていたのに、どうして家賃が払えなかったんだ？」

「見栄《みえ》を張ってアヤカの店に通い詰めたりしていましたからね……。本当にばかでした」

樋口は、隣にいる小森を見た。小森も樋口のほうを見ていた。

「会社を解雇されたのも、アパートの家賃を滞納したのも、自分のせいで、本当は南田麻里のせいなどではないとわかっているわけだな？」

「刑事さん、俺、だめなやつで、ばかだけど、それくらいのことはわかってましたよ。だけど、それを誤魔化したかったんだ」

樋口は、小さく溜め息をついて言った。

「今日は泊まっていけ」

樫田はおろおろとした表情で言った。

「まだ帰っちゃだめなんですか？」

樋口は立ち上がると言った。

「夜の公園より、留置場のほうがずっとましだろう」

樋口は取調室を出た。小森と小泉が追ってきた。

小森が言った。

「なんだか、妙なことになってきたな……」

樋口は前を向いて歩きながらこたえた。

「ああ、そうだな……」

小泉が二人に尋ねた。

「あの……。どういうことなんですか？」

樋口は言った。

「樫田はシロだってことです」


捜査本部に戻ると、すぐに天童が樋口に尋ねた。

「どうだ？　落ちたか？」

まだ、幹部席には田端課長がいて、課長も樋口のほうを気にしている様子だ。

樋口はかぶりを振って言った。

「樫田は、殺していません」

「何だって……？」

そのとき、幹部席から課長の声がした。

「おい、樫田がシロだっていうのか？　どういうことだ？　説明してくれ」

樋口は、課長の席の前に行った。天童もやってきた。小森と小泉もいっしょだった。

「樫田を疑う根拠は、彼のストーカー行為でした。しかし、小泉刑事指導官によると、もともと彼はストーカーではなかったということです」

田端課長が怪訝な顔をする。

「警察が関与したんだろう？」

「それについては、被害者の南田麻里のほうに問題があるのではないかと、小泉刑事指導官が指摘されております」

田端課長が小泉に尋ねた。

「どういうことです？」

「南田麻里は、複数の男性についてストーカー被害にあっているという届けや相談をしており、さらに痴漢で一人を訴えております」

「それは、どういうことなんだ？」

「二つのことが考えられます。一つは、自意識の過剰。たいした被害ではないのに、被害にあったことを他人に知らせずにはいられない。もう一つは、明らかに悪意を持っている場合。相手の男を困らせてやろうという悪意です」

「だが……」

田端課長が言った。「実際にストーカーだったかどうかよりも、樫田が被害者を怨んでいたかどうかが問題なんじゃないのか？」

樋口はこたえた。

「私たちもそう考えておりました。しかし、どうやら樫田は南田麻里をそれほど怨んではいないようです」

「南田麻里のせいでホームレス生活になったというのに？」

「会社をクビになったのは、樫田本人の勤務態度が原因のようです。アパートの家賃滞納も過去に何度かあったということです。それを南田麻里のせいにしようとしていただけで、本気で怨んでいたわけではなさそうです」

田端課長は、小さく溜め息をついた。海千山千の課長でも、被疑者確保が空振りだったという失望は隠せないのだ。

課長が言った。

「捜査は振り出しに戻ったということか……」

樋口は言った。

「いえ、そうではありません。渋谷署に届けが出されていたストーカーと痴漢で訴えられた男を洗えば、何かわかるかもしれません」

田端課長はうなずいた。

「そうだな」

「関東日報の下柳の件も、これで心配しなくて済みます」

「その点については朗報と言えるな」

天童が課長に尋ねた。

「樫田はどうします？」

「これ以上拘束はできないだろう。放免だな」

樋口は課長に言った。

「泊めてやると言ってしまいました」

「おい、ヒグっちゃん。留置場は旅館じゃないぞ」

「申し訳ありません」

「まあいい。酔っ払いを一晩泊めることもあるしな……」

天童が言った。

「渋谷署に届けが出ていたストーカーと、痴漢の訴えの件、至急洗います」

田端課長が言った。

「よし、仕切り直しだ」

12

樋口は、席に戻るとすぐに氏家に電話をした。

氏家は挨拶もなしに言った。

「照美ちゃんに話したのか？」

「いや、話さないことにした。電話したのはそのことじゃない」

「何だ？」

「南田麻里が痴漢で誰かを訴えたという話をしていたな。それを詳しく聞きたい」

「やっぱり気になったんだな？」

「ストーカー行為で、世田谷署から警告を受けていた人物が被疑者となり、取り調べたが、どうやらシロだった」

「やれやれだな」

　これがどういう意味なのか、樋口にはわからなかった。

　取り調べが空振りに終わったことに対する同情なのか、それとも、今さら痴漢の加害者を告訴した事実の重要性に気づいたのかと、あきれているのか……。

　そういえば、痴漢の件について氏家はこう言っていた。

「あんたが気にならないというのなら、それでいい」

　そして、誰も取り沙汰しないと告げたとき、もう一度「あんたも気にならないのか？」と、樋口に尋ねたのだ。

　つまり、その時点で、氏家は南田麻里が痴漢の訴えをしていたことに、ひっかかりを感じていたということだ。

　氏家の言葉が続いた。

「痴漢で訴えられた人物の氏名は、楢崎公平《ならさきこうへい》。楢の木の楢に長崎の崎、コウヘイはおおやけにたいら。年齢四十七歳」

　樋口は、それをノートにメモしていた。

「恵比寿駅から通報があり、係員が駆けつけた。最初に手がけたのが鉄警隊だ。それが本部の生活安全総務課に上がってきた」

鉄警隊は、鉄道警察隊のことだ。かつての鉄道公安官に代わってできた、警察本部の執行隊だ。

「本人は認めたのか?」

「否定していたが、結局起訴された」

「有罪だったのか?」

「有罪だ。本人は最後まで罪を認めなかったが、裁判官は被害者、つまり南田麻里の供述には臨場感があると言った」

「控訴は?」

「した。今現在、控訴審の判決を待っている」

「公判中なのか?」

「そういうことだ。だが、本人にとっては、もう罰が下ったようなものだ」

「どういうことだ?」

「起訴と一審の有罪判決のせいで、離婚することになった。奥さんは子供を連れて実家に帰ってしまった。本人は、都内の私立大学の准教授だったが、懲戒免職になっている」

「控訴したんだろう? まだ判決が出たわけじゃないのに、懲戒免職か?」

「私立大学というのは、評判がものを言うからな。一審の有罪判決が致命的だった」

「話が聞きたい。どこに住んでいる？」

「届けられている住所は、江東区大島六丁目の集合住宅だが、弁護士がどこかに匿《かくま》っているらしい」

「匿っている？」

「マスコミや何かから守るためだ」

「その弁護士を知っているか？」

「知ってるよ」

「名前と連絡先を教えてくれ」

氏名は、昭島忠雄《あきしまただお》。連絡先は事務所の電話番号だということだ。

「わかった」

樋口は、礼を言って電話を切ろうとした。氏家が言った。

「ヤキが回ったわけじゃないだろうな？」

「何だって？」

「あんたなら、最初に痴漢と聞いたときにぴんとくると思っていたんだがな……」

まったく気にも留めなかった。

ヤキが回ったと言われても仕方がない。

「俺は、そんなに切れる刑事じゃないよ」

「だが、真面目で仕事熱心だ」

「ストーカー殺人じゃないかと、動揺していたんだ」

「なるほどね……」

これ以上話していると、また照美の話題が出そうだった。

「助かった。恩に着る」

樋口はそう言って電話を切った。

天童が声をかけてきた。

「氏家か？」

「はい」

樋口は、今聞いた内容を報告した。天童がうなずいて、捜査員に昭島弁護士と連絡を取るように命じた。

それから、再び樋口のほうを見て言った。

「樫田がシロだと聞いて、正直ほっとした面もある」

「ええ、そうですね」

樋口は言った。「ひとまず、ストーカー殺人の可能性は、ずいぶんと低くなったわけですからね」

「いや、一番ほっとしたのは自分ら世田谷署の人間ですよ」

小森が天童に言った。

「そうだろうな」

天童が言った。「今度は、渋谷署が同じことにならないといいんだがな……」

その渋谷署に行っている捜査員から連絡が入ったのは、午後七時頃のことだった。

間違いなく、ストーカーの届けを出したのは南田麻里だった。先ほど小森から聞いたとおり、彼女はかつて渋谷署管内に住んでいた。職場が渋谷だったからだろう。

樫田の場合は、警察署長名の警告に過ぎなかったが、こちらの件では、都公安委員会の禁止命令が出ている。

男の氏名は、柳本行雄《やなぎもとゆきお》。年齢は四十歳だ。現住所は、杉並区高円寺南二丁目。

天童は、渋谷署から報告をよこした捜査員を、そのまま柳本の自宅に向かわせた。

「必要なら身柄《ガラ》を取れ」

天童は、電話で捜査員にそう告げた。

「あの……」

それまでずっと黙っていた小泉が樋口に声をかけた。

天童と小森が彼女のほうを見た。樋口は、尋ねた。

「何でしょう？」

「私は、まだ捜査本部にいていいのでしょうか？」

「は……？」

「樫田の容疑は、ほぼ晴れたと考えていいのですよね」

「そう思います」

「彼にストーカーの疑いがかかっていたことから、私がこちらに来ることになったわけです。樫田が被疑者でないとなると、私の役目はなくなるのではないでしょうか？」

樋口は、思わず天童を見ていた。天童は何も言わない。

樋口は小泉に言った。

「そういうことは、私が判断できることではありません。捜査本部長か捜査一課長……、いや、むしろ警察庁のほうで決められることではないですか？」

「私が、ここにいる必要がなくなったと上司に報告すれば、引きあげるように言われるでしょう」

「そうされたいのでしたら、私に止める権限はありません」

「いえ、逆なんです」

「逆……？」

「もし、よろしければ、本当の犯人が捕まるまで、ここにいさせていただきたいのです」

「それは、まあ……」

樋口は、どう言っていいのかわからなくなった。「あなたが、そうなさりたいのなら……」

「私がここにいる理由が必要です」

樋口はしばらく考えた。

「樫田の容疑は晴れたかもしれません。しかし、渋谷署に届けられたストーカー被害の件があります。だから、天童管理官が言ったように、まだ、ストーカー殺人の可能性はあるわけです」

「そうですね……」

小泉の表情は晴れない。

「それに、あなたは、ストーカーの届けや痴漢の告訴を繰り返すタイプの女性について説明してくださいました。それは、被害者の人物像を明らかにする上で役に立つかもしれません」

ようやく彼女は、納得したようにほほえんだ。

「わかりました。引き続き協力させていただきます」

天童が満足そうに樋口を見ていた。樋口はすぐに眼をそらしてしまった。

正直に言うと、先ほど取調室で、小泉のことが邪魔だと感じたのだ。殺人の取り調べの最中に、ストーカーの話などしてほしくはない、と思った。

だが、今はそれを口に出さなくてよかったと思っている。小泉の言葉に耳を貸していなければ、今頃まだ、樫田を落とそうと攻め続けているかもしれない。

樫田が根負けして「やった」などと言ってしまうことだってあり得るのだ。そうなれば、冤罪ということになる。

連絡係が天童に告げた。

「柳本行雄の自宅を訪ねていた捜査員からです。本人の身柄を運んでくるそうです」

「わかった。ヒグっちゃん、話を聞いてみてくれないか？」

「取調室を使いますか？」

「いや、その必要はないだろう」

小森が言った。

「刑事課の俺の机でも使うか？」

捜査本部に連れてくるのははばかられた。捜査情報などの機密の宝庫なのだ。

樋口は小森に言った。

「そうさせてもらう」

それから、小泉に言った。「あなたも、同席してください」

小泉は、やや緊張した面持ちで言った。

「わかりました」

彼女は、キャリアであることを笠《かさ》に着るようなことはなかった。

最初は、冷ややかな印象があった。だが、それが彼女の必死さの表れであったことが、次第にわかってきた。単身、警察庁から捜査の現場に投入されたのだ。

ヘマをやらないようにと、一所懸命だったに違いない。

「女キャリアのお守り」と、小森が言った。「お守り」でけっこう。ならば、ちゃんと守ってやろう。樋口は、そんなことを思いはじめていた。

　渋谷署にストーカーの届けを出された柳本行雄の身柄が世田谷署に到着したのは、午後八時二十分頃のことだ。彼を刑事課に案内して、すぐに話を聞きはじめた。

小森の席は、机の島の一端にある。係長席だ。そこに樋口が座り、隣の席の椅子を持ってきて柳本を座らせた。

小森と小泉は、それぞれあいている席から椅子を引っぱってきて、近くに座った。

柳本は、四十歳だということだが、実年齢よりも若く見えた。もっと有り体に言えば、子供っぽく見える。

髪型などにはまったく無頓着な様子だ。眼鏡をかけており、服装もぱっとしない。身長は、百七十センチに満たないだろう。

樋口は柳本に言った。

「こんな時間に警察までおいでいただいて恐縮です」

「なんだか知らないけど、後から出頭しろと言われるのも面倒臭いので、連れてきてもらいましたよ。さっさと済ませたほうがいいでしょう？」

「おっしゃるとおりです。では、さっそくお話をうかがうことにします」

樋口は、氏名、年齢、現住所を確認し、職業を尋ねた。

「ＩＴ関係の派遣会社に登録しています」

「ＩＴ関係……。具体的には……？」

「ＳＥですよ。システムエンジニア。主に企業のネット環境構築やメンテナンスが仕事ですね」

「この女性をご存じですね？」

　樋口は、南田麻里の写真を見せた。

「知ってますよ。アヤカでしょう？」

「本名はご存じですか？」

「知ってます。南田麻里です。ニュースで殺されたと聞いて、驚きましたよ」

「南田麻里さんと、最後に会われたのはいつですか？」

「刑事さん、さっさと済ませようと言ったでしょう。何を訊きたいのかわかっていますよ。ストーカー事件のことでしょう？　俺はストーカーの届けを出されて、禁止命令を食らってますよ。だから、そのときからアヤカには近づいていません」

「実際にストーカーだったんですか？」

「へえ、ちゃんと話を聞いてくれる警察官もいるんですね」

　この程度の皮肉や当てこすりでは、刑事はびくともしない。

「つまり、ストーカー扱いされたことが不本意だということですね？」

「……というか、ストーカーって定義は何です？　好きになったら、多少強引な方法でアプローチするんじゃないですか？」

樋口は、小泉を見た。ここは、彼女の出番だと思った。小泉は、それに気づいた様子で、口を開いた。

「たしかに厳密な定義はありません。しかし、その行為によって、精神的な苦痛や恐怖を感じる人がいる場合は、警察は対処しなければなりません」

樋口がそれを受けて言う。

「さらにストーカー行為が問題なのは、それがエスカレートする場合があるからです」

「つまり、俺はそれで呼ばれたというわけですね？　まあ、ストーカーって言われたら否定はしきれないかもしれないな。仕事が終わるのを待ち伏せしたり、メールを毎日送ったりしていたからね」

「待ち伏せですか？」

「アヤカは、店が終わるとたいていアフターに出かけるんで、そのあとをつけて、同じ店で飲んだりしたこともありましたよ」

「彼女とは、お店で知り合われたのですか？」

「そう。ホステスと客。今思うと、なんであんなに入れ揚げていたんだろうと思いますね。アヤカはね、独特なんですよ。天然の小悪魔っていいますかね……」

柳本のしゃべり方にはある特徴があった。自嘲的というのか、世の中に対して斜《しゃ》に構えているというか、まあ、そういう感じだ。

　会話をしていて心地よい相手ではない。だが、不誠実な印象はなかった。

「天然の小悪魔ですか」

「そうとしか言いようがありませんね。みんな振り回されちまうんですよ。それでも、言い寄る男が後を絶たない。まあ、水商売にはもってこいだったかもしれませんね」

「禁止命令が出てから南田麻里と会っていないというのは本当ですね？」

「嘘じゃないですよ。俺だって警察沙汰は嫌ですからね。おとなしくしていましたよ。電話もメールもしていません。しばらく距離を置いていると、不思議なもので、別に会いたくなくなりました。熱病から覚めたような感じでしたね」

「彼女の自宅をご存じでしたか？」

「知っていましたよ。あとをつけたことがありましたからね。昔の話ですよ。禁止命令を受ける前のことです」

「それは、彼女が渋谷に住んでいる頃のことですね？」

「そうです」

「その後、彼女は移転しています。引っ越し先をご存じでしたか？」

「報道されるまで知りませんでした」

「本当に、その住所はご存じなかった……？」

「刑事さん。俺はね、本当に半年以上もアヤカには会ってないし、連絡も取っていないんです。もう関わるのはよそうと思っていましたからね。それをはっきり言いたくて、ここに来たんです」

「これは、念のためにうかがうのですが、十月五日の夜、あなたはどこにいらっしゃいましたか？」

「事件の日ということですね？　月曜日の夜ですよね。俺は、月曜の夜から火曜日の朝まで、派遣先の会社で、ネットワークのメンテナンスをしていました。一般の勤務時間中にはメンテができませんからね。必然的に夜から朝にかけてやることになります」

「そのとき、どなたかといっしょでしたか？」

「ええ。警備員といっしょでしたよ。派遣社員に一人でメンテを任せるほど能天気な会社はありませんよ」

「その派遣先の会社名を教えてください」

柳本は、素直に教えた。小森がそれをメモして席を外した。裏を取るためだ。

樋口は柳本に言った。

「ちょっと、ここでお待ちいただけますか？」

「ええ……」

樋口は小泉に目配せをして席を立った。廊下に向かう。小泉は樋口の後についてきた。

廊下に出ると、樋口は小泉に尋ねた。

「専門家として、柳本の供述をどう思います?」

「本人が言った、熱病から覚めたような感じというのは、実感だと思います」

「つまり、もう南田麻里には執着していなかったということですか?」

「珍しいことではありません。関わりを持ち続けている間は、激しい執着心に苦しみますが、会わずに時間が過ぎれば、冷静になることもあります」

「なるほど……。では、南田麻里の引っ越し先を知らなかったという彼の発言にも信憑性はありますね」

「そう思います」

樋口は、立ったまま考え込んだ。小泉も何も言わず考えている。しばらくそのまま時間が過ぎた。

そこに小森が戻ってきた。

「裏が取れた」

彼は言った。「警備の担当者をつかまえることができた。当日、たしかに柳本は午後七時頃から朝まで会社にいたそうだ」

これも空振りだったか。樋口は、柳本を帰すことにした。

13

「いちおう、渋谷署の生活安全課からも話を聞いて確認を取っておいてくれ」

樋口は、小森に言った。

「わかった」

小森は、刑事課の部屋を動こうとしなかった。樋口はその気持ちが理解できた。徒労感が募り、しばらく何もする気になれないのだ。

樋口は、先に捜査本部に戻ることにした。小泉が無言で後に続いた。

警察署では、エレベーターを使うのは幹部で、たいていの署員は階段を使う。樋口にもその習慣が染みついているが、小泉のことを気づかってエレベーターを使うことにした。

エレベーターの中で、樋口は小泉に、もう一度尋ねた。

「公安委員会の禁止命令が出て以来、柳本が、南田麻里に接触していないという話は、信憑性があると思われるわけですね？」

「信じていいと思います」

「その根拠は？」

「彼の話は具体的であり、言い訳やごまかしの要素がありませんでした」

「なるほど……」

　捜査本部に戻ると、樋口は事務的な口調で天童に報告した。

「渋谷署にストーカー被害の届けを出されていた柳本は、接近禁止命令が出てから被害者の南田麻里には近づいていないということです」

　天童が立ち上がり言った。

「課長に報告しよう。来てくれ」

　天童がひな壇に近づく。樋口は小泉に言った。

「あなたも来てください」

　三人が課長の前に並ぶと、田端課長が言った。

「どうだった？」

　樋口は、天童に言ったことを繰り返した。

　田端課長が樋口に訊いた。

「裏は取ったのか?」

「今、渋谷署の生活安全課に確認を取っています。さらに、事件当日、柳本にはアリバイがありました」

「アリバイ……」

「彼は派遣社員で、システムエンジニアをやっているとのことで、事件当夜は、午後七時頃から朝まで、警備会社の警備員といっしょに社内のネットワーク関連のメンテナンスをやっていたということです。警備会社で確認も取れています」

田端課長は、小さく溜め息をついた。

「二人のストーカーがシロだったということか……」

樋口は、ひかえめに言った。

「あの二人が、どこまでストーカーだったのか、ちょっと疑問ですね」

「まあ、警察に届けが出されたり、相談が持ち込まれた段階で、ストーカーというレッテルが貼られてしまうからなあ。実情は藪《やぶ》の中ってことだな……」

「ストーカーは作られるという一面もあるということです」

「被害者次第ということだな。しかしな、ヒグっちゃん。いまだに、ストーカーによる傷害や殺人、あるいは殺人未遂は後を絶たない。そして、ストーカーの恐怖に怯《おび》えている人々はたくさんいる」

田端課長は、そう言ってから小泉を見た。「そういうことだね？」

「おっしゃるとおりです」

小泉は落ち着いた態度でこたえた。「加害者側に自覚がなくても、ストーカーとしての要件は満たされます。そこが難しいところです。客観的な判断が難しいのです」

田端課長がさらに尋ねる。

「被害者側の受け取り方次第ということかね？」

「そういう一面は否定できません。ですが、届けがあったり、相談があった場合、警察署では詳しく状況を尋ねるはずです。それで、どの程度の被害かを推測できるのだと思います」

「俺が訊きたいのは、南田麻里のことだ。彼女は、渋谷署に被害届を出し、世田谷署に相談している。そのとき、どういう気持ちだったか知りたいんだ。恐怖と嫌悪感で精神的なダメージを受けていたのか、それとも、思ったよりあっけらかんとしていたのか……」

「届けの内容を精査しなければ、何とも言えません。それから、ごく親しかった人からも話を聞く必要があります」

「なら、やってくれないか？」

「は……？」

田端課長が天童に言った。

「南田麻里が、ストーカーの被害届を出したり、相談に来たりしたとき、どんな気持ちでいたのかを調べるんだ」

天童は戸惑った様子だったが、樋口には、田端課長が考えていることが、なんとなく理解できた。

ストーカー被害や痴漢の訴えの場合、被害者を問題にすべき場合がある。小泉が繰り返し説明してくれたことだ。

つまり、届けを出したり相談したりする女性の、被害者意識だ。誰かへの当てつけという面もあるだろう。そして、痴漢では悪意を持って被害者を装う場合もあるのだ。

被害にあってもいないのに、近くにいる男性が痴漢だと騒ぐ。それで示談に持ち込んで金儲《かねもう》けをする若い女性がいるというのだ。

金銭目的でなく、面白半分の場合もある。いずれにしろ、疑いをかけられた男性の人生は一変する。

南田麻里に、痴漢で訴えられた楢崎公平の人生も変わってしまった。彼は家庭も仕事も失ったのだ。

田端課長は、南田麻里が殺人の被害にあった理由、つまり犯行の動機について、さらに深く斬り込もうとしているのだ。

南田麻里がどんな気持ちで届けを出したり、相談をしたり、訴えたりしたのか。それがわかれば、たしかに犯行の動機も見えてくるかもしれない。

「了解しました」

天童が言った。

「痴漢のほうはどうなっている?」

「今、捜査員が弁護士を訪ねているはずです」

「弁護士……?」

田端課長が怪訝な顔をした。天童が、自分のほうを見たので、樋口が発言した。

「痴漢の裁判は、一審が有罪で、被告の楢崎公平は控訴しました。現在、控訴審の結果待ちなのですが、マスコミ等から守るために、弁護士が匿っているというのです」

「本人の話は聞けないのか?」

樋口は確固とした口調で言った。

「本人から直接話を聞けるように、弁護士に強く求めるつもりです」

田端はうなずいてから言った。

「控訴審の判決待ちの被告が、殺人の被疑者となる可能性があるということか……」

「何とも言えません」

樋口はこたえた。「楢崎公平は、一審の判決が出た段階で、准教授をつとめていた大学にもいられなくなり、家族も家を出て行ったということです」

田端が思案顔になった。

「樫田と違って、こっちは本当にダメージが大きかったということか……」

「南田麻里を怨んでいる可能性はおおいにありますね」

「しかし……」

天童が樋口に言う。「控訴審で無罪判決が出て、もしそれで確定したら、名誉毀損の訴えなり何なり、できるじゃないか。結果が出ないうちに原告を消すってのは、ちょっと考えられないな……」

「理屈ではそうだがな……」

田端が言った。「理屈通りいかないのが、世の中ってもんだよ」

天童が反論する。

「弁護士だって付いているわけでしょう？　このタイミングで無茶をするとは思えませ

んね」

　樋口は言った。

「裁判の経緯を詳しく知る必要があるかもしれませんね」

　田端が樋口を見た。

「裁判の過程で何かあったかもしれないということだな？」

「あるいは、原告の発言が、楢崎を激怒させたということも考えられます」

「だとしたら、裁判の記録だけでなく、それにまつわる関係者の発言なども当たる必要があるな」

「そう思います」

　田端課長は天童に言った。

「手配してくれ」

「了解しました」

　席に戻ると、天童が樋口に言った。

「楢崎がホシだと思うか？」

　樋口は、正直に言った。

「わかりません。ただ……」

「ただ、何だ？」

「殺人が起きてすぐに、氏家が痴漢の件に言及していたのが気になるんです」

「何か特別なことを言っていたのか？」

「いえ……。ただ、私に、気にならないのか、と尋ねました。そのとき私は、ストーカー殺人の可能性に気を取られていて、まったく痴漢のことなど気にしませんでした」

小泉が言った。

「それで、小森さんが私に、ストーカーにあうような女性は痴漢にもあいやすいのか、と質問されたのですね？」

樋口はうなずいた。

「ストーカー殺人ということになれば、またマスコミが騒ぎ立てることになる……。私は、そんなことを気に懸けていたんです」

天童が言った。

「それは、ヒグっちゃんだけじゃない。我々みんながそうだった」

「楢崎は、文字通り、何もかも失いました。もし、本人が申し立てているとおり、痴漢をやっていないのだとしたら、これほど理不尽なことはありません。課長も言ったとおり、樫田とは違い、南田麻里が訴えたおかげで本物のダメージを負ったということです」

「本当に痴漢行為があったのかもしれない」

「そういう場合は、なんとか示談に持ち込もうとするでしょう。裁判まで行き、さらに控訴するというのは、やはりやっていないからだと考えるべきでしょう」

「だとしたら、榴崎が南田麻里を激しく怨んでいることは、容易に想像がつくな……。しかし、やっぱりひっかかる……。控訴したんだから、控訴審の結果を待つというのが、普通だろう」

「今さら無罪判決が出たところで、失ったものは戻ってこない……。榴崎がそう考えたとしたら……」

「弁護士がいろいろとアドバイスをするはずだ。無罪が確定すれば、家族とも和解できるかもしれないし、大学だってクビを切った理由はなくなる」

そのとき、小泉が言った。

「無罪判決を勝ち取ったとしても、元の生活に戻れるとは限りません。むしろ、そういう人はほとんどいません。さらに、痴漢裁判の場合、一審を覆して控訴審で無罪になるというケースはとても少ないのです。控訴棄却という場合もあります」

樋口と天童はその言葉を聞いて、互いに顔を見合っていた。

樋口は言った。

「一審判決から、控訴審の判決が出るまで、だいたい半年が目安ですね？」

「そう。最短で、だいたい四ヵ月。長いと七、八ヵ月かかることもある」

「たてまえは、刑が確定していないわけですが、本人はその約六ヵ月間、針の筵《むしろ》を味わうわけですね」

「社会的に葬られると言ってもいいな」

「中には、その六ヵ月に耐えられず、自暴自棄になる人もいるかもしれません」

天童は考え込んだ。やがて、彼は言った。

「いずれにしろ、本人に話を聞いてみたいな……」

弁護士のところに行った捜査員から、まだ連絡がない。何に手間取っているのだろう。

樋口は時計を見ながら、そう思った。

時刻は、午後九時半を過ぎたところだ。

小森が刑事課から戻ってきて、樋口に告げた。

「渋谷署で柳本の件を担当したやつの話が聞けた。禁止命令が出てから、被害者からの通報や相談はなかったそうだ」

「つまり、柳本が言ったとおり、接触していないと考えていいわけだな」

「そう思う」

それからほどなく、楢崎の担当弁護士を訪ねていた捜査員から連絡が入った。弁護士が、あちらこちらを飛び回っており、接触するのに時間がかかったということだ。

天童が電話を受けた。

「何だと？　ごちゃごちゃ言うようなら、引っぱってこい」

天童が、珍しく声を荒らげた。電話を切ると、彼は、樋口、小森、小泉の三人を順に
見てから言った。

「控訴中の被告に尋問を許すわけにはいかないと言ったそうだ」

樋口が言った。

「それで、弁護士を引っぱってこいと……」

「任意同行に応じないと言っているらしい。法律を知っているやつは面倒だ」

それが正しいあり方なのだが……。樋口は、そう思ったが、もちろん口に出すことは
なかった。

小森が尋ねた。

「それで、どうするつもりですか？」

「なんとか、説得してみると、捜査員が言っているので、任せることにした」

それから、十五分ほど経って、また同じ捜査員から連絡があった。天童は、その電話を受けると、樋口たちに言った。

「今日は、遅いので、どうしても来たくないと言っている。だから、明日、改めて任意同行を求めることにした」

小森が、ほっとしたような吐息を洩らした。長い一日だった。そろそろ仕事を切り上げて、しばしの休息を取りたい。そう思っているに違いない。

樋口も同感だった。

捜査本部内に号令がかかり、その場にいた全員が起立した。課長が捜査本部をあとにするのだ。

課長が出て行くと、天童が小泉に言った。

「あなたも、ここまで付き合うことはないんだ。もう帰宅してください」

小泉が樋口を見たので、言った。

「天童さんの言うとおりです。無理すると、被疑者確保まで体がもちませんよ」

「健康に関してはご心配は不要ですが、お言葉通り、帰宅させていただくことにします」

午後十時前に、小泉が捜査本部を出て行った。

翌日、午前十時頃、楢崎を担当する弁護士を伴った捜査員たちが、捜査本部に姿を見せた。

天童が樋口に言った。

「話を聞いてくれるか？」

「わかりました。取調室にしますか？」

「いや、通常の会議室か何かでいい」

小森が言った。

「また、刑事課の俺の席を使うか？」

樋口はうなずいた。

「そうしよう」

小森と樋口は、弁護士を刑事課に連れて行った。柳本から話を聞いたときと、ほとんど変わらない位置関係で、話を始めた。

まず、弁護士の氏名・年齢と住所を尋ねる。

昭島忠雄・四十六歳。樋口の一つ上、楢崎の一つ下だ。

「楢崎公平さんに、お話をうかがう必要があります」

「話なら、私が代わっていたします」

「どうしても、ご本人に質問しなければならないのです」

「依頼人は、控訴中の被告人です。取り調べなんて言語道断ですよ」

語り口は柔らかいが、決して譲らないという意志を感じる。

「私たちは、痴漢について質問したいわけではないのです」

「わかっています。原告の南田麻里が殺害された件でしょう。楢崎氏が被疑者だとでもいうのですか？」

「それはまだわかりません」

樋口が言うと、昭島は驚いた顔になった。おそらく、樋口が「そんなことはありません」とこたえるのを予想していたに違いない。

「楢崎氏は、今、控訴審の結果を待っている状態ですよ。そんな人が、罪を犯すはずがないでしょう」

「それは、調べてみないとわかりません」

「被告人が原告を殺害するなど、考えられませんね。私は、聞いたことがない」

「楢崎さんが置かれた状況を考えると、充分に動機はあると思います」

「そんな臆測をもとにした取り調べに応じるわけにはいきません」

「取り調べではなく、事情聴取です」

「実際には同じことでしょう。警察は、楢崎氏を疑っているようですからね」

樋口は、昭島弁護士と対立するつもりはなかった。

「それでは、楢崎さんの様子を教えていただけますか？」

「様子……？」

「ご家族が彼のもとを去り、仕事も失った……。自暴自棄になってもおかしくないと思いますが……」

「彼は、しっかりした人です。実はね、示談を示唆したこともあったんです。しかし、彼は名誉を回復するためには裁判しかないと明言しました。そして、一審で有罪判決が出ると、すぐに控訴すると言ったのです。彼は、正しい方法で戦おうとしています。だから、原告を殺害することなど、あり得ないのです」

「彼は、南田麻里が殺害されたことを、ご存じですね」

「もちろんです。テレビや新聞を自由に見られる環境にありますからね」

「それを知ったときの、彼の様子はどうでした？」

「たいへん驚いていました。そして、ショックを受けた様子でした」

「ショックを受けた？　なぜでしょう？」

「楢崎氏は、堂々と戦って勝利し、原告に敗北感を味わってもらいたいと考えていたのです」

「敗北感ですか」

「そう。それが正直な気持ちですよ。原告のせいで、言葉にできないほどの屈辱と苦痛を味わったわけですからね。だが、勝利する前に相手が死んでしまった。これはショックですよ」

樋口は、昭島の話の内容についてしばらく考えていた。やがて、樋口は言った。

「楢崎さんのお気持ちは、よく理解しているつもりです。その上で、詳しくお話をうかがいたいのです。彼が、今あなたが言われたとおりの人物かどうかを、この眼で確かめたいのです。ご協力いただけませんか？」

「控訴審を待っている被告に事情聴取したとわかったら、裁判所から叱責されるかもしれませんよ」

そんなことがあるだろうか。樋口は考えた。これまで経験がないのでわからなかった。

「話を聞くくらいのことは問題ないでしょう」

今度は、昭島が考え込んだ。しばらくしてから、彼が言った。

「その事情聴取に、私も立ち会うという条件でしたら……」

樋口は、小森を見た。小森は小さく肩をすくめた。「俺には判断できない」という意味に取れた。

樋口は言った。

「それでけっこうです」

「控訴審で被告が不利になるような質問にはこたえられません」

「わかっています」

「そして、話をする場所は、こちらで指定させていただきます」

「楢崎さんが滞在されている場所ですか？」

昭島はかぶりを振った。

「そこにご案内することはできません。彼がどこにいるのか、なるべく人に知られたくないのです。私の事務所に来ていただきます」

樋口はうなずいた。

「わかりました」

昭島は立ち上がって言った。

「では、追って連絡します」

14

「くそ、あの弁護士、やりたい放題だな」

昭島が去ると、小森が言った。

「しょうがないだろう。控訴審が控えている。楢崎にとっても微妙な時期だ」

樋口がそう言ったとき、胸のポケットで携帯電話が振動した。妻の恵子からだった。

「ちょっと失礼……」

小森にそう言い、電話に出た。

「どうした？」

「今日、警察の人が家にやってきたわ」

来たか。樋口は、そう思った。

「それで……？」

「照美に話を聞きたいというのよ」

「照美は？」

「大学に行ってる。そう伝えたら、また来ると言って帰っていったんだけど……」

「そうか」

「そうかって……。警察が訪ねてくること、知ってたの？」

樋口は、どうこたえるべきか、一瞬迷った。

「いや、そうではないが……。訪ねてきた警察官は、何か言ってたか？」

「こちら、捜査一課の樋口係長のお宅ですよねって、確認してたわ」

その捜査員に嫌われていないことを祈るしかない。警察官同士、いろいろとお目こぼしがあるのは事実だ。だが、同じ警察官であることが裏目に出ることもある。

「照美に何の用があるのか言わなかったのか？」

「言わなかったわ」

「今日、照美は遅いのか？」

「何も言ってなかったから、授業が終わったら、まっすぐ帰ってくると思うけど……」

「別に心配することはないと思う。何か訊きたいこととか、確認したいことがあるだけだろう」

「照美が犯罪に巻き込まれているってことはないかしら……」

ここで話してしまえれば、どんなに楽だろうと、樋口は思った。警察官は、時に家族にも秘密を持たなければならない。

「それは、俺にもわからない。とにかく、照美が帰ってきたら、言っておいてくれ。警察官に隠し事だけはするな、と……」

「わかった」

「じゃあ、また何かあったら知らせてくれ」

「はい」

電話が切れた。

小森が樋口に尋ねた。

「家で何かあったのか？」

「いや、たいしたことじゃない」

「警察官に隠し事をするなって、どういうことだ？」

「どこかの捜査員が、娘を訪ねてきたんだそうだ。何か訊きたいことがあったんだろう」

「よくそんな涼しい顔をしていられるな。心配じゃないのか？」

「心配だが、俺には何もできない。そうだろう」

「まあ、そりゃそうだが……」

樋口は、これ以上小森に追及されないように、立ち上がり言った。

「捜査本部に戻ろう」

小森も立ち上がった。

幸い、小森が照美の件について、さらに詮索することはなかった。

午前十一時になろうとしているが、まだ田端課長は姿を見せなかった。世田谷署署長もいない。

樋口は、天童に昭島とのやり取りを報告した。天童は、うなずいて言った。

「弁護士から連絡が来たら、ヒグっちゃんと小森さんで行ってくれるか？」

すると、小泉が言った。

「あの……。よろしければ、私も同行させていただきたいのですが……？」

天童は、樋口を見て言った。

「どう思う？」

「そうしていただきましょう。後で、楢崎についてのご意見をうかがいたいですし……」

「よし、じゃあ、三人で行ってくれ」

「それと……」

樋口が天童に言った。「遺体の第一発見者に、詳しく話を聞きたいのですが……」

天童が怪訝な顔をした。

「遺体発見の経緯については、すでに確認が取れているはずだ」

「第一発見者は、南田麻里と親しかったんですよね。課長が言われたことを確認したいんです」

「課長が言ったこと……？」

「南田麻里がストーカー被害について届けを出したり相談したり、あるいは痴漢で訴えたりしたときに、どういう気持ちだったのかを知りたいのです。親しい友人なら、そのときの南田麻里の様子を知っていると思いまして……」

「わかった。じっと弁護士からの連絡を待っていてもしょうがない。そっちも当たってみてくれ」

樋口は、小泉に言った。

「いっしょに来てください」

「わかりました」

小泉は、力強くうなずいた。

午前十一時過ぎという時刻を考えて、まず職場を訪ねることにした。遺体の第一発見者である石田真奈美は、三軒茶屋交差点近くにある美容院に勤めていた。

世田谷区下馬《しもうま》方向に向かう商店街にある小さな美容院だった。

二つある椅子の両方に客が座っていた。

樋口が訪ねていくと、石田真奈美はすぐに警察官だと気づいた様子だった。彼女が、店長らしい女性に何かを告げて、樋口たちに近づいてきた。

「刑事さんですね？」

「はい。捜査一課の樋口といいます。こちらは、警察庁の小泉……」

「知っていることは、全部お話ししましたけど、まだ何か……」

「遺体のことではなく、生きていた頃の南田麻里さんについてうかがいたかったのです」

「どういうことでしょう？」

「ちょっと出られますか？」

石田真奈美は、ちらりと時計を見た。

「少し待っていただければ、交替で昼食をとりますから……」

「待たせていただきます」

「わかりました。三十分ほどで出られると思います」

樋口と小泉は美容室を出た。秋晴れで気持ちのいい日だった。樋口は、このままどこかに出かけてしまいたい気分になった。

だが、自分にそんなことはできないことはよくわかっていた。いつも他人の眼を気にしている小心者なのだ。

言葉通り、石田真奈美は三十分ほどで店から出てきた。

樋口は、店から少し離れた路上で立ち止まり、そこで質問を始めた。喫茶店などで話をすると、どこで誰が聞き耳を立てているかわからない。

路上のほうがむしろ話を聞かれる心配がないのだ。

「南田麻里さんとは親しくされていたのですね?」

「ええ、まあ……」

「どれくらいのお付き合いでしたか……?」

「知り合ってからそんなに経ってません。彼女が三宿に引っ越してからの付き合いですから……」

「どこで、どうやって知り合ったのですか?」

「よく飲みに行く三軒茶屋のスナックに、彼女が来るようになって、それでいつの間にか……」

「事件の夜は、南田さんの自宅で酒を飲むことになっていたそうですね？」

「ええ」

「そういうことは、よくあったのですか？」

「ありましたね。お互いにお金を節約したいときは、外に出ずにどちらかの自宅で飲むことがありました」

「お二人で……？」

「まあ、二人のこともありましたし、他に何人かいることもありました」

「南田さんが、ストーカーのことを話題にしたことがありましたか？」

「ええ、何度かストーカーにあっているという話をしてました。渋谷から三宿に引っ越したのも、元ストーカーの男に住処を知られたくないからだって言ってましたね」

「そのときの、彼女はどんな感じでしたか？」

石田真奈美は、眉をひそめた。

「どんな感じ……？」

「恐れていたとか、困っていた様子だったとか……」

「そういう様子はありませんでしたね。別に普通のことのように話してました」

「普通のことのように……」

「そうです。彼女にとっては特別なことではない、というような……。ひょっとして、自慢してる？　そう感じたこともありますね」

「自慢ですか？」

「いえ、私が勝手にそう感じていただけだと思いますけど……。何度もストーカーにあうってことは、それだけ魅力的ってことでしょう？」

樋口は、小泉を見た。小泉が言った。

「魅力的な人が皆、ストーカー被害にあうわけではありません。いろいろな要素が絡み合って、被害に発展するのです」

石田真奈美は、どうでもいい、というふうに首を傾《かし》げた。

「私はストーカーされたことはありませんから……」

樋口は、確認するために質問した。

「南田さんは、ストーカー被害について話したとき、恐れている様子も困っている様子もなかったのですね？」

「そういう様子はありませんでした」

「でも、元ストーカーから逃れるために引っ越したのですよね？」

「逃れるというか、面倒臭いからという感じでしたね。ストーカーのことなんて、本当は気にしていなかったかもしれません」

「南田さんが、そのようなことを言ったことがあるのですか？」

「いいえ、はっきりと言ったことはありません。でも、こう言ったことがあります。面倒なことがあったら、警察に届けたり相談したりすればいい。それで、邪魔なやつは近づけなくなるからって……」

「なるほど……」

小泉が尋ねた。

「痴漢の被害については、何か言っていませんでしたか？」

「まだ、裁判が続いているので、何も言えないと……」

樋口は言った。

「さらに詳しくお話をうかがうために、署にお越しいただくことになるかもしれませんが、よろしいですか？」

「仕事に支障がない時間でしたら……」

「その点は考慮します」

本当は、あまり考慮しない。警察官は、話を聞く相手の仕事の都合など考えないものだ。

礼を言って石田真奈美と別れた。

徒歩で世田谷署に戻る途中、樋口は小泉に尋ねた。

「今の石田真奈美の話、どう思いますか？」

「南田麻里が、ストーカー被害について、自慢しているように感じたという発言は重要だと思います」

「そうですね……」

「そして、面倒なことがあったら、警察に届けたり相談したりすればいいという発言も重要だと思います。その言葉通りだとしたら、二人の男性を邪魔者だと思っており、それを排除するために警察を利用したということになります」

ストーカーに恐れおののき、その挙げ句に殺人の被害者となった哀れな女性という、当初のイメージが覆っていくように感じられた。

もっと傍証が必要だ。樋口はそう考えていた。

署に戻り、そのことを天童と小森に報告した。天童は、しばらく無言で考えていたが、やがて言った。

「しかし、被害者は被害者だ。それを忘れちゃいけない」

たしかに天童の言うとおりだ。殺害されるには理由がある。その理由がどのようなものであろうと、殺害されたことでなく、殺害したことが犯罪なのだ。

殺害の動機について、警察官があれこれ考えるのはすべて、被疑者を割り出し、確保するためであって、それがモラルに照らしてどうかを考えるためではない。

「わかっています」

樋口はこたえた。「ただ、被害者のストーカーや痴漢に対する態度が、犯行の動機に深く関わってくるかもしれないと考えたもので……」

「そうだな」

天童は言った。「その点は、俺も認めるよ」

その直後、昭島弁護士から電話があった。午後二時に事務所に来てくれということだった。

天童が樋口に言った。

「出かける前に、腹ごしらえをしておけよ」

午後一時に、田端課長と世田谷署署長が捜査本部にやってきた。天童が、課長が不在だった間にわかったことを報告した。

課長が、樋口を呼んで言った。

「控訴審待ちの被告というのは、たしかに微妙な立場だ。だがな、ヒグっちゃん。俺たちは痴漢の捜査をしているわけじゃない。殺人の捜査なんだ。それを忘れないでくれ。必要なら令状だって取る。弁護士の好きにはさせない」

「わかりました」

天童に言われたとおり、三人とも昼食はちゃんと済ませている。午後一時二十分。少し早いが、出かけることにした。

昭島弁護士事務所は、千代田区一番町にあった。警視庁本部庁舎からそれほど離れていないので、樋口は土地勘があった。

思ったより広いオフィスに、机の島ができている。一つだけ離れて窓際に置かれているのが、昭島の机だった。

島を作っている机には、事務を担当しているらしい女性と、弁護士のバッジをつけている若い男女がいた。

この男女は、イソ弁、つまり独立前の居候弁護士だろう。

隣の部屋が、応接室となっていた。主に依頼人からの話を聞くための部屋と考えていいだろう。

樋口たちがその部屋に案内されると、一人の男が待っていた。楢崎公平だ。

年齢は、四十七歳。やや太り気味だ。顔写真はあらかじめ入手していたし、プロフィールもわかっているが、やはり実際に会ってみると想像していたのと、少しばかり印象が違う。

一審で有罪になり、すぐに控訴したと聞いて、もっと意志が強そうで、好戦的なタイプを想像していた。

実際の楢崎は、どこかおどおどしているように感じられた。

樋口は挨拶してから楢崎の向かい側に座った。その両側に小森と小泉が座る。楢崎の隣に昭島が着席した。

樋口はさっそく質問を始めた。

「痴漢で訴えられたことで、ご家族があなたのもとを去り、仕事も失われたそうですね？　さぞかし、原告の南田麻里さんを怨んでおられるでしょうね？」

楢崎がこたえる前に、昭島が言った。

「その質問にはこたえる必要はありません」

樋口は、昭島に言った。

「私は、痴漢の裁判のために質問しているわけではありません。殺人の捜査のために質問しているのです」

「被害者は、原告ですからね。関連がないわけではありません」

小森が尋ねた。

「原告がいなくなったのに、控訴審があるんですか？」

「楢崎さんの疑いを晴らすためなのですから、ぜひともやってもらわなければなりません」

「原告側は、当然、代理人を立てて争うことになりますね？　それで裁判が成立するのですか？」

「成立させますよ。何としても」

話題がそれていきそうだ。樋口がそう思ったとき、楢崎が言った。

「怨んでいましたよ」

みんなが楢崎に注目した。

楢崎は続けて言った。

「だから、殺されたと聞いて、とても残念ですよ。できれば、この手で殺してやりたかった。それが正直な気持ちです」

「楢崎さん」

昭島が言った。「今の言葉は取り消してください。警察官に、そういう言い方をすると、殺意があるという言質《げんち》にされてしまいます。彼らは、起訴して有罪にするためなら、言葉尻を捉《とら》えることなど平気ですよ」

樋口は、昭島の当てこすりなど無視していた。それよりも、今の楢崎の言葉をどう解釈すべきか考えていた。

できれば、この手で殺してやりたかった。

それは、正直な感想か。それとも、あたかも他人が殺害したように思わせるための言葉なのか……。

そこは、冷静に判断しなければならないと、樋口は考えていた。

15

「あなたは、あくまでも無実を主張しておられる」

樋口は、楢崎公平に尋ねた。「そして、裁判で戦おうとなさっています。つまり、裁判で勝つことが唯一の名誉回復の手段だとお考えなのですね？」

昭島弁護士が言った。

「控訴審を待っている状態なのです。そういう質問にはこたえられません」

弁護士のこういう言葉には慣れていた。こうした注意をするのも彼らの仕事なのだ。だから、樋口は無視することにした。こちらはこちらの仕事をやるだけだ。

「楢崎さん、こたえてください。裁判に勝つことが、あなたにとって重要だったのですね？」

昭島弁護士がまた言葉を挟んだ。

「そういう質問にはこたえなくていいですよ」

樋口は無言で楢崎を見つめていた。弁護士が何を言おうとかまわない。楢崎の言葉を待つことにしたのだ。

やがて、楢崎が言った。

「もちろんです。ある日、いつものように電車に乗りました。いつものように仕事を終えて、何事もなく帰宅するつもりだった……。突然、目の前にいた女性が騒ぎはじめたのです。それだけです。たったそれだけのことで、私は家庭も仕事も失いました。世間からは白い眼で見られる……。こんな理不尽なことがありますか？　裁判という形で、ちゃんと決着をつけなければ、私は名誉を回復することができないのです」

話しているうちに、楢崎の眼に強い光が宿った。

それは、意志の表れかもしれないし、ただ怒りが再燃しただけなのかもしれない。楢崎は戦っている。裁判という形で戦おうとしている。それは確かだった。

「あなたは、十月五日の夜、どちらにいて、何をされていましたか？」

昭島弁護士が言った。

「それは、殺人事件が起きた夜ですね？　アリバイを確認しようというのですか？　そういう質問にもこたえる必要はありませんよ」

樋口は、昭島に言った。

「これは、関係者の方々全員にうかがっていることです。おこたえになるかどうかは自由ですが、こたえておいたほうがいいと、私は思います」

昭島は、樋口に言った。

「控訴審を待っている被告が、殺人など犯すと思いますか？　常識で考えてください」

小森が耐えかねたように言った。

「常識じゃ考えられないようなことが起きるんだ」

檜崎が言った。

「昭島さんが用意してくれたアパートにいました」

樋口は尋ねた。

「それは、どこにありますか？」

昭島弁護士が強い口調で言った。

「それはおこたえできません」

「殺人の捜査に必要な情報です」

樋口は昭島に言った。「協力していただけませんか？」

「被告という立場を考えていただきたい」

「住んでいるところがわかったからといって、身に危険が及ぶわけではないでしょう？」

「マスコミの餌食になりかねない」

「我々は情報を洩らしません」

「警察には、常に新聞記者らが出入りしています。刑事さんは、日常的に記者と接触をしているでしょう。どこから洩れるかわかったもんじゃない……」

正直に言うと、昭島が言うことは否定できない。

記者と刑事の間には一線を引かなければならない。だが、顔見知りになり月日が経つと、情も湧いてくる。

つい、記者に余計なことをしゃべってしまう刑事は少なくない。

だからといって、ここで引っ込むわけにはいかない。樋口は、質問を変えた。

「そのアパートにあなたがいらしたという事実を証明できる方はいらっしゃいますか？」

楢崎はかぶりを振った。

「いえ、ずっと一人でした」

「どなたかと連絡を取りましたか？」

携帯電話で誰かと通話していたら、使用した基地局からだいたいの居場所が特定できる。

「いいえ。今連絡を取るような相手は、昭島さんくらいですが、その日は連絡を取らなかったと思います」

「確かですか？　よく考えてください。アパートの住人の方と会ったりしていませんか？　出前などは取りませんでしたか？」

小森がちらりと樋口を見た。その理由はわかった。まるで、樋口が楢崎に肩入れしているように聞こえたのだろう。

実際に、そういう気持ちになっていたかもしれない。

樋口は、痴漢に関しては楢崎が無実だと感じていた。根拠は、彼の眼だ。強い意志を感じる。

彼は、戦いを決意したのだ。それは、自分が正しいと信じているが故の戦いだ。

痴漢に関して無実だからといって、殺人をやっていないという根拠にはならない。むしろ、無実の罪を着せられ、家庭と仕事を失うはめになったのだから、南田麻里を激しく憎悪していることは想像がつく。

それは、殺人の動機になり得るのだ。

だが、樋口は、彼が殺人犯ではないという印象を受けていた。いや、正確に言うと、殺人犯であってほしくないという気持ちだ。

こんなことを考えていては、刑事失格だ。

樋口は、自覚している。

いつも、そうなのだ。自分は刑事には向いていないと感じることが多い。それでも、長年この仕事を続けられた。嫌いではないのだ。

自分は刑事に向いていない、などと言ったら、周囲の上司や、先輩、同僚などは驚くに違いない。

刑事向きではないというのは、あくまで感情の問題だ。

もっと非情ならば楽なのに、と思うことが多いからだ。

今、樋口は、楢崎の犯罪を否定する傍証を求めている。小森は、それを感じ取ったに違いない。

楢崎は、再びかぶりを振った。

「いいえ、誰とも接触をしていません。ずっとそういう生活をしてきましたから、確かです」

痴漢で有罪判決が出るというのは、そういうことだ。誰とも連絡を取れない、あるいは取りたくない状況なのだ。

もしかしたら、そんなことは気にしないという旧知の友人がいるかもしれない。だが、そういう人を探して、楢崎の側から連絡を取ろうなどという気持ちにはなれないに違いない。

「わかりました」

樋口は言った。「もう一度、先ほどの質問に戻ります。今住まわれているアパートというのは、どこにあるのですか？」

楢崎は、昭島弁護士を見た。昭島が言った。

「言いたくなければ、言わなくていいんですよ」

先ほどよりトーンダウンしていると、樋口は思った。

もしかしたら、樋口の気持ちが昭島に伝わったのだろうか……。

楢崎がこたえた。

「この事務所の近くにあります」

「住所を教えていただけますか？」

楢崎がこたえた。小森がそれをメモした。

樋口は、小森と小泉の顔を見た。何か訊きたいことがあるか、と無言で尋ねたのだ。

小森は、小さくかぶりを振った。

「あの……。よろしいですか？」

小泉が言った。誰もこたえないので、小泉は質問を始めた。

「痴漢で捕まる以前に、南田麻里とは面識がありましたか？」

「は……？」

楢崎は一瞬、何を訊かれたかわからないような表情を見せた。

それは、昭島弁護士も同様だった。

樋口も、質問の意図がわからなかった。

楢崎が聞き返した。

「面識ですか？」

「ええ、彼女を知っていましたか？」

「いいえ、会ったことなどありませんでした」

「通勤電車の中で見かけて、覚えていたというようなことは？」

「いいえ、ありません」

「事件のときの、南田麻里の服装を覚えていますか？」

昭島弁護士が割って入る。

「控訴審が控えているのです。そういう質問にはこたえられません」

この言葉はもう聞き飽きたと、樋口は思った。

小泉が昭島に言った。

「私たちは、裁判であなた方を不利にしようなどとは思っていません。むしろ、痴漢では無罪判決を獲得してほしいとすら思っているのです」

樋口は、この言葉に驚いた。大胆な発言だった。樋口も同様のことを感じてはいるが、ここまではっきりと言い切ることはできない。

小泉の言葉が続いた。

「確認しておきたいだけです。おこたえいただけませんか？」

再び、楢崎が昭島を見た。昭島が苦い表情で小さくうなずく。

楢崎がこたえた。

「これは、裁判のときも言ったことですが、実は、よく覚えていないんです」

「スカートでしたか？　パンツでしたか？」

「スカートだったと思うのですが、はっきりしません。痴漢扱いされて、すっかり動転してしまって、電車を降りてからのことを、よく覚えていないんです。気がついたら、警察官に尋問されていました。そのときも、まるで現実感がありませんでした」

楢崎の言葉には実感がこもっていると、樋口は感じた。

小泉は、うなずいて樋口の顔を見た。質問は終わりだという意味だ。

樋口は、楢崎に礼を言った。昭島には礼を言いたくなかったが、形式的に挨拶をした。

三人は、弁護士事務所をあとにした。


署に戻ると、樋口は小森に尋ねた。

「どういう印象だった？」

「印象だって？」

小森はこたえた。「俺はそんなものは問題にしない。事情聴取でわかったことは、楢崎にはアリバイがないということだ」

これが刑事の考え方だ。実証主義なのだ。そうでなくてはいけないと、樋口は思った。

「あんたの言うとおりだ。楢崎にはアリバイがない。それが事実だ」

逆に小森が質問してきた。

「それで……？　あんたは、どんな印象を受けたんだ？」

樋口はしばらく考えてから、慎重にこたえた。

「痴漢では無罪だと感じた」

「でも、有罪判決が出ている」

「だからこそ、控訴したんだろう」

「まあ、そうだが……」

樋口は、小泉にも訊いてみることにした。

「どう思いましたか？」

「私も樋口さんと同感です。彼は痴漢では無実だと思います」

「なぜそう思ったのか、聞かせてもらえますか？」

「まず、以前から面識がなかったと、彼がこたえたことで、南田麻里をターゲットに定めていたわけではないことがわかります」

「ストーカーと痴漢は違うのでしょう？　痴漢はその場で対象を決めるのではないですか？」

「そういう場合が多いですが、以前から顔を知っている女性を対象にする場合もあります。毎日同じ時刻の通勤電車に乗っているようなときに、そういうことがあります」

小森が尋ねた。

「それに何の意味があるんです？　楢崎が事件の前に南田麻里を知っていたかどうか、なんて……」

「問題は、楢崎のほうではないんです」

小森が聞き返した。

「楢崎のほうではない？」

「そうです。もし、楢崎が南田麻里を知っていたら、逆に南田麻里も事前に楢崎のことを知っていた可能性があると考えたのです」

樋口は、美容院に話を聞きに行ったときの、石田真奈美の言葉を思い出していた。

面倒なことがあったら、警察に届けたり相談したりすればいい。それで、邪魔なやつは近づけなくなる。

南田麻里が、そう語ったことがあると、石田真奈美が言っていた。

南田麻里が、楢崎を「邪魔なやつ」と考えていたかどうかを、小泉は確認したかったのだろう。

　さらに、小泉が言った。

「事件のとき の、南田麻里の服装をよく覚えていないという発言は、彼の無実を物語っていると思います。痴漢行為に及んだとき、相手の服装はよく覚えているものです。痴漢にとっては、相手の着衣すらも興味の対象だからです」

　小森が言った。

「たしかに、ジーパンをはいていると痴漢にあいにくいらしいな」

　小泉がうなずいた。

「そして、痴漢は、相手の着衣をどう攻略するかを考えて、それを楽しむ傾向があるのです。ですから、たいてい対象の服装は詳しく覚えています。時には下着も含めて……」

　小森がつぶやくように言った。

「生々しい話だな……」

　樋口も同感だった。

　小森がさらに言った。

「だがな、痴漢で無罪だからって、殺人で無罪ということにはならない。俺たちは、痴漢の捜査をしているわけじゃない。殺人の捜査をしているんです」

　樋口は先ほど、同じことを考えたのを思い出していた。

「そのとおりだ。むしろ、痴漢をやっていないからこそ、無実の罪を着せられたことに怒りを覚えているとも言える」

小森が満足げにうなずいた。刑事は、常に他人を疑っている。そして、誰かに容疑をかけていないと落ち着かないのだ。

小森は、明らかに楢崎を被疑者にしたがっていた。それは、刑事として当然の心理なのだ。

そして、樋口はそれが嫌だった。他人を疑うこと自体が好きではないのだ。

他人を信じてだまされたとしても、だますよりはましだと考えてしまう。

もちろん、そんなことを他の警察官に言ったことはない。天童にすら話したことがないのだ。

他人を疑うことが嫌いな刑事なんて、すぐにお払い箱になってしまう。

これまでよくやってこられたと自分でも思う。しかも、今は係長だ。やはり、仕事というのは、向き不向きよりも、取り組む姿勢と慣れが重要なのだと、樋口は思っていた。

樋口は、二人に言った。

「とにかく、今聞いてきた話を報告しよう」

天童のもとに報告に行くと、いつものように田端課長に呼ばれた。

「ヒグっちゃん。こっちで話を聞かせてくれ」

樋口と天童が、課長席の前に立った。

田端課長に、楢崎の事情聴取について報告する。

話を聞き終わると、田端課長が言った。

「アリバイはないんだな？」

やはり、そこを確認するか……。

樋口はこたえた。

「アリバイはありません」

「これまで、三人の男が浮上した。樫田臨、柳本行雄、そして楢崎公平……。そのうち、樫田は、おそらくシロ。柳本のアリバイも確認された。一番、容疑が固いのは楢崎ということになるが……」

樋口は、楢崎から受けた印象については黙っていることにした。予断を招きかねないし、信用を失うかもしれないと思ったのだ。

天童が言った。

「しかし、やっぱりひっかかりますね……」

田端課長が天童に言った。

「控訴審待ちの被告が、殺人などやるか、って話かい？」

「ええ……。想像してみても、どうもぴんとこないんです」

「俺だってそうさ」

田端が言った。天童がちょっと驚いた顔になる。

「え……？」

「控訴審待ちの被告ってのは、おとなしくしているもんだ。支援団体とか、そういう話はなかったのか？」

樋口は、意外な点を衝かれたと感じた。

「支援団体ですか？　いいえ、弁護士はそういう話はしていませんでしたね？」

「全国には、冤罪について支援し合うネットワークのようなものもあるし、親しくしていた人たちが支援に乗り出すこともある。でないと、控訴審なんて戦えないよ」

「なるほど……」

樋口はうなずいた。

「そういう人たちに支援されているという自覚があれば、原告を殺害するなんて気は起きねえよなあ……。だがな、天さん。人間、どこで魔がさすかわからないんだ。俺は、どっちとも言えないと思うぜ。そして、そういう場合、疑ってかかるのが刑事ってもんだ」

さすがは、敏腕の捜査一課長だ、と樋口は素直に感心していた。

課長は、そこまで考えた上で、楢崎を重要参考人としているのだ。

樋口は言った。

「わかりました。調べてみます」

「頼むぜ、ヒグっちゃん」

天童と樋口は、礼をして課長の前から離れた。管理官席に戻ると、天童が樋口に言った。

「課長が言ったとおり、今は楢崎が一番怪しいということになる。なんとか、容疑を固められるようにがんばってくれ」

「わかりました」

そうこたえるしかないと、樋口は思っていた。

16

夕刻が近くなると、樋口は落ち着かない気分になった。

照美は、何時頃帰宅するのだろう。

妻の恵子は、大学の授業が終わったらまっすぐ帰ってくると言っていた。何時まで授業があるのかわからないが、遅くとも午後五時とか六時には帰宅するだろうと思った。

その頃を見計らって、捜査員が訪ねてくるだろう。

警察官に隠し事をするなという言伝《ことづて》を恵子に頼んであるが、それで安心できるというものでもない。

捜査のほうは、天童や小森に任せておけば問題はないだろう。だからといって、捜査本部を抜け出して、帰宅するのはどうかと思った。

責任を放棄して、私的な用を足しに行くなどということは、樋口にはできない。

特に用事がなくても、捜査本部にいることが重要だと考えていた。

だから、俺はここを離れるわけにはいかない。樋口は自分にそう言い聞かせていた。

だが、午後五時を過ぎると、心配が募ってきた。今頃、照美は捜査員から尋問を受けているかもしれない。

おそらく何事もなく終わるに違いない。照美が犯罪に加担しているとは考えられない。

何も気にすることはない。

樋口は、そう思うことにしていたが、なかなかうまくいかなかった。

氏家がわざわざ知らせてきたことが気になる。午前中に訪ねてきた捜査員が、樋口の自宅であることを、妻に確認していったという。

それはどういうことなのだろう。

考えまいとするのだが、どうしても気にかかる。

ついに、樋口は天童に言った。

「すいません。ちょっと自宅に戻りたいのですが……」

天童が言った。

「何か急用か？」

「いえ、そういうわけじゃないんですが、そろそろ下着やワイシャツの着替えもなくなりますし……」

「そうだな……。帳場が立ってから帰ってないからな。こっちはかまわんよ。明日また来てくれればいい」

「いえ、いったん帰って、夜には戻るつもりです。捜査員の上がりが八時ですから、それまでには戻れると思います」

「無理しなくていいんだぞ」

「すいません。それじゃ……」

小森と小泉にもうなずきかけて、樋口は捜査本部を出た。

自宅に戻ると、妻がおろおろとした様子で言った。

「ちょうど電話しようと思っていたところなの……」

恵子がうろたえるのは珍しい。

「何があったんだ？」

「ちょっと前に、警察の人が来たんだけど……」

「照美は？」

「部屋にいる」

「捜査員と話をしたんだな？」

「ええ」

「それで……？」

「照美は、パソコンを渡すことを拒否したというの」

「何だって……？」

「それだけじゃなくて、刑事さんの質問にもちゃんとこたえなかったようなの」

樋口は、唖然《あぜん》とする思いだった。

「なぜなんだ？」

「わからない。刑事さんが引きあげてから、部屋にこもったきりなの」

捜査員たちは、必要とあれば捜索差押許可状を取って強制捜査するだろう。

刑事の娘が強制捜査を受けるということになれば、処分の対象になるかもしれない。

処分されないとしても、何らかの調査をされて、それは樋口の評価に悪影響を与えるはずだ。

マスコミも黙ってはいないだろう。警察の不祥事は、彼らにとってはおいしい餌だ。

訪ねてきた捜査員が、樋口の自宅であることを確認したというのも気になった。

警察官は味方とは限らない。どこで怨みを買っているかわからない。妬まれる場合もある。

自分が係長にふさわしいかどうか、いまだに樋口は疑問に思っている。他に適任の者がいるのではないか……。

もし、樋口以外にも、そう思っている者がいたとしたら……。

とにかく、照美から話を聞かなければならない。樋口は、彼女の部屋をノックした。

返事がない。

もう一度ノックして言った。

「父さんだ。捜査員との話を詳しく聞きたい」

しばらくして、ドアが開いた。

照美は、怒っているように見えた。ジーパンに襟のついた黒いシャツを着ている。その顔を見て、不思議な感覚に襲われた。

一瞬だが、照美が知らない女性に見えたのだ。

その感覚に戸惑い、樋口は言葉が出てこなかった。

照美が言った。

「どうして、私のパソコンを警察が持っていくの？」

樋口は、その質問でようやく現実感を取り戻した。

「脅迫メールが届いた事件があった。おまえのパソコンからそのメールが送られた疑いがあるんだ」

「私は脅迫メールなんて送っていない」

「わかっている。遠隔操作ウイルスというのを、おまえも知っているだろう。パソコンがそのウイルスに感染しているかもしれない。だから、調べる必要がある」

「パソコンって、個人の大切な情報がたくさん詰まっているんだよ。それを他人に調べられるなんて、絶対に嫌」

「警察が知りたいのは、パソコンがウイルスに感染しているという事実と、そのウイルスに、どうやって感染したか、なんだ。それがわかれば、パソコンはすぐに返ってくる」

「パソコンを取り上げられるって、頭の一部を取り上げられるようなものなんだよ」

「そんな大げさなことじゃないんだよ」

「持っていかれたら、戻ってくるまでにどれくらいかかるかわからないと、刑事さんが言った。そんなの我慢できない」

「捜査に必要なことなんだ」

「お父さんは、パソコンがどういうものかわかっていない」

「父さんだって、仕事でパソコンは使っている」

「仕事で使っているのと、生活の一部になっているのとでは、まったく違う」

樋口は、戸惑った。

生活の一部になっているという言葉のニュアンスがわからない。

樋口の感覚では、パソコンは生活必需品ではない。パソコンなどなくても、日々の生活にはそれほど不自由しないだろう。

たしかに、警察で使っているパソコンが急になくなったら、いくらか不自由は感じるが、それでも、どうしても必要というわけではない。

だが、照美はそうではないようだ。

「生活の一部になっているというのは、どういうことだ？」

「友達と連絡を取り合うにも、友達の様子を知るにも、パソコンが必要でしょう？　それに、ニュースやわからないことを調べるにも、必要じゃない」

「友達と連絡を取りたいのなら、電話をすればいい。携帯電話のメールだって使えるだろう。友達の様子を知るって、どういうことだ？」

「電話じゃカバーできないことがあるのよ。電話番号を知らない友達だっているし……。ネットじゃなきゃわからないことがあるの」

「SNSのことを言っているのか？」

「まあ、それもあるけど……」

「そんなのは、何日か我慢すればいいだろう。その間、スマホで間に合わせるとか……」

「もちろん、間に合わせることはできる。でも、どうして、警察の都合でそんな不便な思いをしなくちゃいけないの？」

樋口は戸惑った。

警察の捜査に協力したがらない人々は、少なからずいる。それにはいろいろな理由がある。

ただ単に警察が嫌いな人もいる。暴力団など、反社会的な組織に属していて、警察に反発することが自分たちの存在証明だと考えている人々もいる。

そして、過剰な権利意識を持っている人々もいる。照美の物言いは、そういう人たちに似ていた。

「そんなにたいしたことではないと言ってるだろう。しばらくしたら、パソコンは返ってくる。それで、もう警察とは関わらなくて済むんだ」

「それが横暴だと言っているの。パソコンのハードディスクの中身って、脳の一部だと言った人がいる。頭の中を他人に見られたくないというのは当然でしょう？　それに、ウイルスの感染源を調べるということは、メールを全部調べるということでしょう？　そんなの許せない」

「協力を断ったら、捜査員は令状を持って、強制捜査にやってくる。そうしたら、パソコンを押収されることを拒否することはできない。そして、協力的に提出した場合と違って、押収したものは、それこそいつ戻ってくるかわからない。戻ってこないこともある。それだけじゃない。強制捜査となったら、パソコンだけじゃなく、部屋を捜索されるかもしれないし、パソコン以外の物も押収されるかもしれないんだ」

照美は樋口を睨《にら》んだ。

警察に対する憎しみを、自分に向けているのかもしれないと、樋口は思った。

「警察は、人権を平気で踏みにじるんだね」

樋口は、あきれた。

「人権とか、そういう大げさなことではないと言ってるだろう。ただ、数日間、パソコンを警察に預けるだけだ」

「そこで何か別の犯罪につながることが見つかった場合はどうするの？」

樋口は驚いた。

「そんなものがパソコンに入っているのか？」

「例えば、の話よ」

「犯罪の種類にもよる。軽犯罪なら、お目こぼしすることもある。捜査員たちが関心を持っているのは、あくまでも遠隔操作ウイルスだからな。だが、重大犯罪につながる情報が入っていたら、担当の部署に伝えられるだろう」

「とにかく、パソコンやスマホは、普通の機械じゃない。人格の一部と言ってもいい。それを、勝手に持っていって調べるなんて、認めることはできないよ。そんなの、人権侵害だよ」

大学に行って、何を学んでいるのだろう。

樋口は、暗澹《あんたん》たる気持ちになった。

「よく考えてくれ。人権侵害とか、そういうつもりでパソコンを調べたいと言っているわけじゃないんだ。あくまでも、ウイルスを送り込んで、おまえのパソコンから脅迫メールを送った犯人を特定したいだけなんだ」

「パソコンを持っていくことは認めない。どうしても、っていうなら、令状を持ってくるしかないよね」

「それがどういうことか、わかって言ってるのか」

樋口は冷静さを失いそうになった。

だが、辛うじて自分を保ち、それ以上のことは言わずに済んだ。

樋口が警視庁内でどういう立場になるか、など照美には関係ない。

出世の妨げになったり、左遷されたりすると、当然家庭にも影響は及ぶわけだが、照美の生活に直接大きな変化があることはないだろう。

樋口は言った。

「人権、人権と言うが、父さんにはそれがエゴとしか思えない。権利を主張するなら、同等の義務を負わなければならないんだ。父さんは、そう考えて生きてきた」

「この場合の義務って、何なの？」

「市民として、警察の捜査に協力することだ。それが社会に貢献することになる」

「それは、警察の言い分よ」

　警察の言い分。

　そう言われて、樋口はなぜか傷ついた気持ちになった。

　間違いなく樋口は警察官だ。だが、同時に照美の父親でもある。家族である娘は、当然自分の側にいるものだと思っていた。

　だが、彼女は今、警察に対して反感を抱いているような言い方をしている。

「警察の言い分だろうが何だろうが、父さんはそう考えている。立場の違いなどではない。人は、自分の権利だけ主張して生きていくわけにはいかないんだ。おまえも社会の一員であることに違いはない。その義務を果たす必要があるんだ」

　樋口は、話しながら、ある種の無力感を覚えていた。

　人権を声高に主張する人々とやり取りをするときに、いつもそんな気分になる。世代論で片づけたくはないが、樋口より上の世代には、そういう人々が多かった。

　いわゆる団塊の世代とそれに続く世代だ。具体的に言うと、一九四七年から一九五〇年代前半までに生まれた人々だ。

彼らは、古いものをすべて破壊しようとした。それには、いくばくかの意味があったかもしれない。

だが、過熱した社会運動のエネルギーは望ましくない局面に飛び火し、やがて行き場を失った。

日本中を嵐のように通り過ぎた学生運動はやがて、セクト間の凄惨な抗争事件を生み、社会性を失った。

そして、祭が終わるように、終焉《しゅうえん》したのだ。それは、まさしくブームでしかなかったと、樋口は思っている。

樋口は、そういう運動とは無縁の世代だ。

いわゆる全共闘世代は、抵抗の日々など忘れたように、就職活動をして一流企業の社員となっていった。

だが、彼らの意識に刷り込まれた、権利意識は健在だった。彼らは、ことあるごとに自由や権利を主張するのだ。

樋口は、そういう人々に辟易《へきえき》としていた。そういう主張は、一種の宗教のようなもので、思考は凝り固まっており、議論の余地などない。

今、照美と話をしていて、同様の感覚を抱いた。

樋口は、そのことに戸惑っていたのだ。

照美とちゃんと話をしたのは久しぶりのことだ。もしかしたら、彼女が大学生になって初めてのことかもしれない。

その間に、照美はいろいろなことを考え、いろいろなことを試したに違いない。そして、今もそうした変化の途中にいるのかもしれない。

長い間話をしなかったために、照美が唐突に変わってしまったように感じたのだ。

もしかしたら、手遅れなのだろうか。

樋口は、思った。

相手をしてくれない父親に、反発を感じているのだろう。それが、そのまま警察に対する反感につながっているのだろうか。

だとしたら、それを解きほぐすのは容易なことではない。

「私は、プライバシーを侵害しないでほしいと言っているの。社会に対する責任とは話が別よ」

「別ではない。プライバシーは大切だ。だが、それが守られるためには、前提が必要だ。そのプライバシーを持つ者が、反社会的ではないという前提だ。犯罪者は裁かれなければばならない。そのためにプライバシーが限定されることがある」

樋口は、この瞬間、目の前にいるのが自分の子供であることを忘れなければならないと思った。

相手は、本気で議論しようとしている。ならば、こちらも相手を子供扱いせずに、本気で考えてこたえるべきだ。

「パソコンの中身は、人格の一部よ。それを、権力を使って勝手に覗こうとするなんて、許されないことだよ」

「犯罪の捜査のためだ。パソコンに大切な秘密が記録されていることは認めるが、だからといって、人格の一部とは認められないと思う。裁判所は、捜索差押許可状を請求されれば、それを認めるはずだ。つまり、法律上も私が言っていることが正しいということだ」

樋口は、「父さん」ではなく「私」と自称していた。この場合、そういう気分だったし、そのほうがふさわしいと感じた。

「法律で片づけられるような問題じゃない。もっと大切な問題よ。人が勝手に人の頭の中を覗き見ようとしているのと同じことなのよ」

樋口は、真剣に話しているうちに、照美の気持ちもわかるような気がしてきた。

樋口にとって、パソコンは単なる仕事の道具でしかない。だが、照美のような若者にとってはまったく違う意味を持っているのかもしれない。

最近、照美は部屋に閉じこもっていることが多い。その多くの時間をパソコンを使って過ごしているに違いない。

そうしているうちに、膨大な個人情報がパソコンの中に蓄積されていることは想像に難くない。

それは、もしかしたら、照美が言っているとおり、人格の一部と言えるかもしれないのだ。少なくとも、普段インターネットでどんな知識を得ているのか、ＳＮＳでどんな人々と情報を共有しているのか、そして、そこからどういう情報を蓄積しているのか、というようなことがわかる。

それは、たしかにプライバシーであり、頭脳の一部と考えることもできる。

俺は相手の言い分を受け容れすぎる傾向がある。

樋口はそう思った。警察でもそうだった。それは、優柔不断の表れだと、自分では思っていた。

だが、相手の言い分にも一理あると思えてしまうのは仕方のないことだ。

それが、相手を論破することしか考えず、旗色が悪くなると「ナンセンス」の一言で相手を無視しようとした上の世代との違いだと、樋口は思っていた。

樋口は、照美に言った。

「言いたいことはわからないではない。心理的に強い抵抗があることも理解した。だが、担当の捜査員の立場になってみれば、おまえのパソコンを調べないわけにはいかないんだ。だから、ちょっと相談してみようと思う」

照美は、こちらが急にトーンダウンしたので、きょとんとした顔になった。

「相談……？」

「パソコンを持ち去られて、勝手に調べられるのが嫌なんだろう？　だったら、担当職員がうちに来て、おまえの目の前で調べてくれるように頼んでみよう」

「私は、パソコンを調べられること自体が嫌だと言っているの」

「それは、認められない。こちらが妥協案を出しているのだから、検討してみてくれ」

照美は、しばらく無言で考えていた。樋口は、相手の言葉をじっと待った。

17

やがて、照美が言った。

「警察の人がうちに来て、私の目の前で調べる……。そんなことが可能なの？」

樋口は正直に言った。

「わからない。だが頼んでみることはできると思う」

「それって、お父さんが警察官だからできるわけよね？　つまり、私は特別扱いってこと？」

「そうかもしれない。もしかしたら、それは公正なこととは言えないかもしれない。だが、私はおまえの言っていることが、全面的にではないが、理解できたような気がする。一部であれ認めたからには、私にできることをしたいと思う」

「令状を取って押収するほうが、ずっと簡単なのよね？」

「それはわからない。捜査員も、裁判所の許可を取る手間を省こうとする可能性はある。強制捜査は最後の手段なんだ。担当職員がうちに来て調査するのは無理だとしても、調査するときに、おまえが立ち会えるようにはできるかもしれない」

照美は唇を咬んでしばらく考えていた。

「妥協しろと言うのね？」

「互いに歩み寄りの余地があるはずだと言っているんだ。警察は、どうしてもおまえのパソコンを調べなければならない。おまえは、勝手に中身を見られたくない。このままだと平行線で、結果は強制捜査しかなくなる」

照美は、またしばらく考えた後に言った。

「わかった」

返答はその一言だけだった。

樋口は、照美の部屋から離れ、リビングルームにやってきた。妻の恵子が言った。

「驚いたわね。あなたが、あんなに照美と真剣に話をしてくれるなんて……」

「もっと早くそうすべきだったと言いたいのだろう？」

「そんなこと、思ってないわよ。早かろうが遅かろうが、ちゃんと話をすることは大切だと言っているの」

「話をしなければならない事情があった」

「事情……？」

「照美が、パソコンの任意での提出を拒否したら、強制捜査になる恐れがある。そうなると、俺の経歴に傷がつくことになるかもしれない。つまり、俺は保身のために照美を説得しようとしたんだ」

恵子はほほえんだ。

「それがあなたの欠点ね」

「そう。常に保身を考えている小心者なんだ」

「そうじゃない。自分を必要以上に責めるところよ。あなたは、保身だと言うけれど、それは、警察官であなたを信頼している仲間や家族を守ることでもあるのよ」

樋口は、その言葉をどう受け取っていいかわからなかった。だが、少しだけ救われたような気分になったのは確かだった。

「関係者に電話してみる。妥協案が見つかるかもしれない」

「照美は、あなたの言うとおりにすると思う」

「ずいぶんと反抗的だったぞ」

「ちゃんと話がしたかっただけよ。言っていることと本心は同じじゃない」

「そう言い切れるのか？」

「自慢じゃないけど、母親にはわかる」

そうなのかもしれない。娘のことについては、父親は母親にかなわない。

「とにかく、関係者と話をしてみる」

樋口は、ソファに座って携帯電話を取り出した。氏家は呼び出し音五回で電話に出た。

「どうした？」

「照美が、パソコンの任意提出を拒否した」

「なんで、また……」

「パソコンに記録されていることは、人格の一部であり、それを勝手に調べるのは許されることではない、と言っている」

「ええと……。翻訳すると、恥ずかしいから見られたくない、ってことだな」

「強制捜査は避けたい」

「当然だな」

「そこで、妥協案を見つけようと思う。担当職員が、わが家に来て照美の立ち会いのもとに、パソコンを調べるというのは無理だろうか」

「無理に決まっているだろう。あんたも刑事だからわかるはずだ。証拠品を調べるのに、持ち主の立ち会いを認めたりするか？」

「家宅捜索の際には、当人の立ち会いを認める」

しばらく無言の間があった。考えているのだろう。

「微妙なところだ。俺には何とも言えんな……」

「俺が直接担当者に会って説得してもいい」

「あんたは、当事者の父親だ。へたをすると、圧力をかけたと言われるぞ」

「調べるのはわが家でなくてもいい。照美が立ち会えればそれでいい」

「担当者次第だな……。ところが、その担当者が問題でな……」

樋口は、自宅を訪ねてきた捜査員が、樋口のことを知っていたらしいことを思い出した。

「俺を嫌っているやつなのか？」

「いや、そうじゃない」

「では、何が問題なんだ？」

「逆なんだよ」

「逆……？」

「その捜査員は、いつのことか知らんが、あんたと捜査本部でいっしょになったことがあるんだそうだ。あることで失敗をして、右往左往していたところ、あんたがそれをすべてかぶってくれたと言っていた」

「何のことか思い出せんな」

「そうだろう。あんたはそういう人だ。おそらく、あんたはたいしたことだとは思っていないはずだ。だが、向こうにしてみれば、恩人であり、憧れの人だということだ」

こんな俺に憧れる捜査員がいるというのか……。そのこと自体が驚きだった。

「問題だと言ったのは、だ。相手がそういうやつだと、あんたは逆に頼み事ができなくなる。そうだろう？　相手が恩に感じていることを利用するなんてことは、あんたにはできないはずだ」

「買いかぶりだよ。俺はそんなに高潔な男じゃない。今だって、保身のためになんとか強制捜査を避けようとしているんだ」

「いや、あんたは高潔で誇り高い男だ。自分でそう思っていないだけだ」

そう言われて悪い気はしないが、落ち着かない気分になる。やはり、買いかぶられているという気がするからだ。

樋口が何も言わずにいると、氏家が大きく息をついた。

「しょうがない。まあ、俺に任せておけ」

「どうするつもりだ？」

「実は、その捜査員は、あんたの自宅から戻ってから考え込んでいたんだ。あんたの娘をどう説得しようか、とな……。照美ちゃんが立ち会うという件、あんたが言い出したというのは伏せておいて、俺から打診してみるよ」

「すまんな。そうしてもらうと助かる」

「貸しが一つできたな」

「わかっている」

「今度、渋谷のキャバクラをおごってくれ。気に入った子がいるんだ」

「それは、贈収賄にならないか？」

「あんたも、たまには冗談を言うんだな」

冗談を言ったつもりはなかった。電話が切れた。

樋口は、恵子に言った。

「なんとかうまく運ぶと思う。俺は、捜査本部に戻らなければならない」

「夕食も食べないんですか？」

「八時までには戻ると言ってきた。すぐに出なければならない」

「わかった」

恵子は、替えの下着やワイシャツを用意してくれた。

「他に何か必要なものは？」

「だいじょうぶだ。照美のことは、後で電話する」

樋口は、玄関に向かった。

「お父さん……」

照美の声が聞こえて振り返った。部屋から顔を出している。

「何だ？」

彼女は、言いづらそうだった。

「あの……。パソコン、持っていってもいいよ……」

やはり、母親の言うことは正しいな……。

樋口はほほえんだ。

「心配しなくていい。立ち会えるようにできると思うから……」

樋口は、自宅をあとにして、捜査本部に向かった。


午後八時前に、捜査本部に戻った。

なんだか、慌ただしい雰囲気だと感じた。

田端課長と署長が席にいたので、一礼して管理官席に向かった。

天童も小森も渋い表情だった。

樋口は、天童に尋ねた。

「何かありましたか？」

天童がこたえた。

「楢崎のアリバイが証明された」

「どういうことです？」

「楢崎の住処は、厳しく秘匿されていたが、それでもどこからか洩れる。殺しの当日、アパートを張り込んでいた記者がいたんだそうだ。弁護士の昭島がそいつを見つけ出して連絡してきた」

小森が言った。

「弁護士は、記者の存在に薄々勘づいていていたらしい。殺人の容疑がかかりそうだというので、慌ててそいつと連絡を取ったんだろう」

樋口は確認した。

「弁護士の時間稼ぎじゃないんですね」

天童がこたえた。

「裏を取ったよ。間違いなさそうだ。記者が言うには、その夜、楢崎は、アパートを一歩も出ていないということだ」

それを聞いても、樋口はそれほど驚かなかった。

本人に会った印象で、シロではないかと感じていたのだ。痴漢はおそらく濡れ衣だ。その罪を晴らすために、彼は戦っている。

南田麻里が殺されたことが残念だと、楢崎は言った。

それは、おそらく本音だったのだろうと、樋口は思った。戦う相手がいなくなってしまった。そういう気持ちだったに違いない。

樋口は言った。

「樫田、柳本、楢崎、いずれもシロだったということですね……」

小森が疲れた表情で言った。

「捜査が振り出しに戻ったということだな……」

これは、常套句《じょうとうく》だが、捜査員にとっては絶望的な言葉だ。

小泉は、何も言わずに自分の机の上を見つめていた。こんなときには何も言えない。

その気持ちはよくわかった。

樋口は言った。

「振り出しということはない。すでにさまざまな情報の蓄積がある。それを洗い直すだけで何かわかるかもしれない」

これは、気休めに過ぎないかもしれない。だが、そう言わずにはいられなかった。

天童が言った。

「そうだな。ヒグっちゃんの言うとおりだ。初動捜査に戻ったわけじゃない。見逃していたものが何か見つかるかもしれない」

樋口は、ダメモトという気持ちで、小泉に尋ねてみた。

「これまでの捜査で、何か気づいたことはありませんか？」

小泉は、いきなり声をかけられて驚いた様子だった。樋口の顔を見て、それから小森、天童の順に視線を移動させた。

それから、自信なげに言った。

「三人の被疑者は、いずれも南田麻里のせいで警察沙汰になったわけですよね……」

小森が言った。

「被疑者という言い方は正確じゃない。三人とも、まだ被疑者という段階じゃなかった。いわゆる重要参考人だ」

小森が言うとおりだが、いちいち訂正するようなところではない。小森は、三人とも空振りだったということで、かなり苛立っているようだ。

「すみません。つまり、疑いをかけられた三人が、ということです」

樋口は言った。

「それが、何か……？」

「最初、南田麻里は、ストーカーに殺害されたかわいそうな被害者という印象でした」

「そうだな」

小森が言った。「もし、そのとおりだったら、相談を受けていたうちの署の面子《メンツ》は丸つぶれだったな……」

　小泉は小森にうなずきかけてから話を続けた。

「しかし、三人の男性にストーカーや痴漢のレッテルを貼ったということで、かなり印象が変わってきたと思います」

　樋口は、小泉の言葉の意味を探りながら言った。

「たしかに、そうですが……」

「その被害者の性格に、殺人の動機が隠されているような気がします」

　天童が尋ねた。

「性格に殺人の動機が隠されている？　それはどういう意味だね？」

「クレーマーは、必ず怨みを買います」

　小森がうんざりした表情で言った。

「だから、南田麻里に怨みを持っていそうな三人の男を調べたんだ。だが、それがシロだったと言ってるんだよ」

「怨みというのは当事者だけではなく、関係者にも伝わります。直接、痴漢で訴えられたり、ストーカー扱いされた人たちだけでなく、その周辺にいる人々にも影響が及ぶものです。そして、直接の怨みよりも間接的な怨みのほうが増幅することもある……」

樋口は、思わず天童の顔を見ていた。天童も同時に樋口を見ていた。

小泉の意図が理解できた。

犯人は、直接南田麻里と関わった者とは限らない。樫田、柳本、楢崎の周辺にいる可能性がある、ということだ。

天童が言った。

「刑事指導官の言われることは、もっともだ。三人の男たちがシロだったからといって、意気消沈することはない。その周辺に犯人がいる可能性がある」

小森が言った。

「なるほどね……。樋口さんが言ったとおりだ。俺たちは、振り出しに戻ったわけじゃなかった」

捜査員たちはもちろん、さまざまな事柄に目配りをしながら捜査をしている。だが、目の前に疑いのある人物がいると、なかなかその周辺までは気が回らないものだ。

そのために捜査幹部がいる。

天童は立ち上がり、田端課長のもとに行った。今、小泉が話したことを伝えに行ったのだ。

田端課長が、すぐに小泉を呼んだ。小泉が田端と天童のもとに駆けていった。田端課長は、直接小泉から説明を受けたかったのだろう。

天童と小泉が席に戻ってくると、ほどなく夜の捜査会議が始まった。

最近、捜査会議など無駄だという声があり、省略する傾向にあるが、刑事畑出身の田端課長は、今でも会議を重視する。

捜査員たちは、手駒ではない、情報を共有して独自の判断を促したい、ということのようだ。

会議の冒頭で、田端課長が言った。

「楢崎のアリバイが証明されたということで、三人の重要参考人が、すべて空振りだということになった。今のところ、他に容疑の濃い人物は見つかっていない。だからといって、しょぼくれている場合じゃない。俺たちは、八合目を越えて、今や頂上を目指しているんだ。山から下りちまったわけじゃない。樫田、柳本、楢崎の三人がシロだったとしても、その周辺に犯人がいる可能性がある。その三人の周辺を、徹底的に洗い直せ。何か見逃していたことや、新たな事実が、必ず見つかるはずだ」

その言葉で、一度しぼみかけた捜査員たちの闘志がよみがえるのが、はっきりとわかった。

課長の言葉を引き継いで、天童が言った。

「この事案は当初、ストーカー殺人事件だと考えられていた。何の罪も落ち度もない女性が、一方的な思い込みからストーカー被害にあい、挙げ句の果てに殺害された……。捜査員のみんなもそういう印象を受けていたに違いない。だが、調べが進むうちに、少々ニュアンスが変わってきた。小泉刑事指導官によると、痴漢やストーカーに頻繁にあう女性がおり、それはしばしば被害者意識の問題だということだ。つまり、誤解を恐れずに言うと、痴漢やストーカーは被害者によって作られることがあるという。痴漢やストーカーということになれば、社会的なダメージはきわめて大きい。もしも身に覚えのないことだったとしたら、そこに大きな怨恨が生じる可能性はきわめて高い」

天童は、そこで言葉を切って、捜査員たちを見回した。

すでに捜査員たちが認識している話だ。だが、ここで改めて確認しておく必要がある。

天童は、そう考えたに違いない。

「樫田と柳本については、南田麻里によって、それぞれ世田谷署と渋谷署にストーカー被害の相談や届けが出されていた。だが、その後の調べで、二人の行為は、被害者に恐怖心や危機感を及ぼすほどの危険なストーカー行為とは言えないということがわかった。そして、楢崎については、痴漢で一度有罪判決が出たものの、現在、控訴している。本人は無実を訴えており、まだその可能性があるということだ。つまり、俺が言いたいのは、三人は南田麻里によって作られた犯罪者であり、それによって仕事や家庭を失うなどの、深刻な社会的なダメージを受けた者もいるということだ」

　田端が再び発言した。

「南田麻里が、ストーカーの相談をしたり届けを出したりしたとき、あるいは、痴漢の訴えをしたとき、どんな気持ちだったのか知りたいと、俺は考えた。ヒグっちゃんが聞き込んできたことが、そのこたえになると思う」

　樋口は起立してこたえた。

「南田麻里の友人であり、遺体の第一発見者でもある石田真奈美が、こう言っています。自慢しているかのように感じた、と……。何度もストーカー被害にあったり、痴漢にあったりする自分を、南田麻里はあたかも自慢するようだったということです。恐れたり困ったりした様子はまるでなかった、とも供述しています」

　田端課長が言った。

「俺はさ、南田麻里が、どういう心理状態でストーカーの相談をしたり、痴漢の訴えをしたりしたのかを知りたかったんだ。恐怖におののいたり、困り果てたりしていたら、そりゃ実にかわいそうだったと思うよ。けどな、もし、そうでなかったとしたら、そういう女は、必ずトラブルを呼ぶ」

天童が言った。

「樫田、柳本、そして楢崎の周辺を徹底的に洗い直す。課長が言われたとおり、我々はすでに八合目を越えている。あと一息だ」

その一言で、再び士気が上がった。

18

ちょうど、捜査会議が終わった頃に、氏家から電話があった。

「例の担当者が、あんたと直接話したいと言っている」

照美の件だ。

「担当者がごねているということか？」

「ごねているというか……」

氏家が口ごもった。「いろいろと確認を取りたいということじゃないか？」

「確認？　何の確認だ？」

「知らないよ。俺は段取りをしただけだ。本人に訊いたらどうだ？」

樋口は、はっとした。自分は氏家に、文句を言ったり注文をつけたりできる立場ではなかった。

　無理を言って氏家に話をつけてもらったのだ。

「わかった。いつ、どこに行けばいい？」

「彼のほうで、あんたを訪ねると言っている。時間が取れるか？」

　時計を見た。午後九時を過ぎている。

「今からか？」

「あんたも彼も捜査員なんだから、時間のことなんか気にしないだろう」

「こちらは、ずっと世田谷署に詰めているから、時間は取れるが……」

「じゃあ、午後十時に訪ねさせる」

「わかった」

　捜査本部が置かれている講堂の隅で電話をかけていた樋口が席に戻ると、天童が言った。

「今、捜査員たちが徹夜覚悟で、樫田、柳本、楢崎の三人の周辺を洗い直している。これまでわかったことを思い返して、何か気がついたことはないか？」

　樋口はかぶりを振った。

「自分も、楢崎にアリバイがあったという時点で、まったく方針を見失いましたからね。

調べを進めるにしても、これからです」

「そうか……。まあ、そうだな……」

小泉はまだ残っていた。樋口は彼女に言った。

「捜査会議も終わりました。もう、お帰りになってはいかがですか?」

小泉が言った。

「ご迷惑でなければ、もう少し残っていたいのですが……」

「迷惑だなんて、とんでもない。あなたも捜査本部の一員ですから……。しかし、無理はしないでください」

「今は、無理をする時なんじゃないですか?」

「え……?」

「課長が言われました。私たちは八合目を越えている、と……。あと少しで、犯人にたどりつけるのでしょう?」

天童が苦笑した。

「八合目と言ったのは、言葉のアヤだよ。実際には、いつ被疑者を特定できるかわからない。明日、その日が来るかもしれないし、一週間、いや一ヵ月先かもしれない。それにね、本当の登山も、八合目からがきついんだよ。だから、休めるときに休んだほうがいい」

「はい」

小泉が言った。「でも、あとしばらくここにいたい気分なんです」

天童が言った。

「まあ、そう言うのなら、無理に帰れとは言いません」

樋口は、ふと気になって小泉に尋ねた。

「もしかして、何かに気づいているのではないですか？」

小泉は、驚いた顔で樋口を見た。

「私が、ですか？　いえ、そんなことはありません」

本当にそうだろうか。

これまで、小泉は、樋口たちが気づかぬ事柄を何度か指摘してきた。

捜査幹部は男ばかりだ。だから、女性の視点が新鮮なのかもしれない。女性が被害者ということもあるのだろう。

小泉は、すでに樋口たちのお荷物ではなかった。彼女の視点は、捜査に有効に作用している。

いや、すでに小泉は、この捜査本部に必要な人材だと、樋口は考えていた。

樋口は、小泉に言った。

「何か、気づいたこと、気になることがあれば、いつでも遠慮なく言ってください」

「はい」

「本当に、気づいたことはないのですね？」

小泉は、しばらく考えた後に言った。

「すいません。今さらながら、なんですが、遺体発見時のことを確認していいですか？」

樋口は、「何のために」と思いながらも、言った。

「もちろんです」

「遺体は、部屋の奥で見つかったのですね？」

「そうです。マンションの玄関を開けるとまず台所があり、その向こうにリビングルームがありました。遺体はリビングルームにあったのです」

「室内には若干争った跡があったけれども、近隣からはそういった物音を聞いたという証言は得られなかったのでしたね？」

「はい」

「防犯カメラを調べたけれども、怪しい人物は映っていなかったのですね？」

「ええ、樫田が重要参考人となったとき、彼の姿を探しましたが発見できませんでした。その他にも特に怪しい人物は映っていませんでした」

小泉は、しばらく考えていた。

小森が樋口のほうを見ているのに気づいた。彼は、小泉にさらに突っ込んだ質問をするように、無言で促しているのだ。

樋口は小泉に尋ねた。

「なぜ、遺体発見時のことを確認しようと思われたのですか？」

小泉は、唇を咬んで何事か考えている様子だ。

天童が言った。

「わかりきっていることを確認するのは、大切だ。何か見落としているかもしれないからな。だが、遺体発見の現場について、我々捜査員が何か見落とすということは、あまり考えられない」

小泉は、慌てた様子で言った。

「それは充分に承知しています。ですから、皆さんの見落としを指摘するとか、そういうことじゃないんです。ただ、確認しておきたかったんです」

樋口は尋ねた。

「もう一度、お尋ねします。何のために、遺体発見時の確認などされたのですか？」

「私なりに、犯人像をまとめてみようと思ったのです」

小森が言った。

「犯人像ですか。それは、ぜひうかがいたいですね」

皮肉にも聞こえるが、たぶんそうではないと、樋口は思った。小森は、本当に小泉の意見に関心を持っているのだ。

小泉が慌てた様子で言った。

「いえ、まだ、皆さんに発表できるようなことは何もありません。私も樋口係長と同様に、これからまとめていくつもりです」

小泉にあまりに過大な期待を寄せてはいけないと、樋口は自分を戒めた。

彼女は、慣れない捜査本部で精一杯がんばっているのだ。

樋口は、小泉に言った。

「何か発表できることが見つかったら、すぐに教えてください」

「もちろんです」

小森と天童は、小泉から目をそらして、それぞれ自分の仕事に戻った。

午後十時ちょうどに、樋口の席を三十代半ばと思われる男性が訪ねてきた。

照美の件を担当している捜査員だろう。約束の時間ぴったりに現れるところは、実に真面目な警察官らしい。

「伊勢原克明《いせはらかつあき》と申します」

たしかに見覚えがあった。名前もおぼろげに覚えている。

「俺といっしょに仕事をしたことがあるそうだね？」

「はい」

「いつのことだ」

「五年前の殺人です。自分は、その頃、板橋署におりました」

五年前というと、樋口がまだ係長になる前のことだ。伊勢原が板橋署にいたというのだから、板橋署管内で起きた殺人なのだろう。

五年前の板橋の殺人事件……。たしかに記憶している。だが、残念ながら伊勢原のことは、よく覚えていなかった。

樋口は、場所を変える必要があると思った。誰にも話を聞かれたくないので、空いている取調室を使うことにした。

樋口は、伊勢原を連れて移動した。取調室で向かい合うと、伊勢原は苦笑した。

「こっち側に座ったのは、初めてですよ」

彼は、取り調べを受ける側の席に座ったのだ。

樋口は言った。

「わざわざ来てくれなくても、言ってくれれば、こちらから足を運んだものを……」

「とんでもない……」

「何か、確認したいことがあるんだって？」

伊勢原は、きょとんとした顔になった。

「確認したいこと、ですか……？」

「そうじゃないのか？　氏家がそう言っていたぞ」

「氏家さんが……？　いえ、確認じゃなくて、一言お断りをしておかなければと思いまして……」

「何を断るというんだ？」

「娘さんを調べに行かなければなりませんでした。そのことについて、いちおうお耳に入れておこうと思ったのです。本当は、ご自宅をお訪ねする前に、お教えしておこうと思ったのですが、なかなかそうもいかなくて……」

樋口は、慎重に言った。

「脅迫メールについての捜査だそうだな？」

「はい」

「うちの娘のパソコンから脅迫メールが送信されたことがわかった。遠隔操作ウイルスではないかと考え、それを確認するために、娘にパソコンを提出してもらおうとした。そういうことだな？」

「はい。遠隔操作ウイルスであることは、ほぼ百パーセント確かなのです。それを、確認させていただきたかったのですが……」

「娘を訪ねる前に、俺にそのことを教えたら、捜査情報の漏洩になる」

伊勢原は、目を丸くした。

「マル暴や、地検特捜部のガサ入れじゃないんです。そんな大げさなことじゃないですよ。パソコン、貸してくれる？　すぐに返すから、みたいな、そんなノリです」

それを聞いて、今度は樋口のほうが、少々うろたえた。

「マル暴のガサ入れだって、脅迫メールの捜査だって、捜査である限りは同じだろう」

伊勢原は、わずかに背筋を伸ばした。

「おっしゃるとおりだと思います。しかし、すべての事案で同じようなやり方が通用するとは限りません。硬軟織り交ぜたやり方が必要だと考えております」

そう言った後、伊勢原は、緊張した面持ちで樋口を見ていた。樋口が何を言うか懸念していたのだろう。

樋口は、なるほど、と思った。

「俺は、どうしても決まり事を重視しすぎる嫌いがある。柔軟に物事を考えられないんだ。正直に言うと、決まり事に従っていたほうが安全だということを知っているからだ」

伊勢原は、落ち着かない態度になった。

「そんな言い方をされますと、どうしていいかわからなくなります」

「本当のことだよ。君が知らせてくれなくても、実は氏家が知らせてくれたから、捜査員がわが家に来ることは事前に知っていた」

「娘さんに、任意なのだから、言いなりになることはないと、アドバイスされたのですか？」

「とんでもない。捜査員が訪ねてくることは、誰にも言っていない。もちろん娘にも妻にも……」

伊勢原は、怪訝な顔をした。

「どうしてですか？」

「どうして……？」

　樋口は、その質問の意図が理解できなかった。「捜査に来るという事実を、対象者に教えることは、重大な違反行為になる。そんなことをしたら、俺は警察を辞めなくてはならなくなる。そう考えたんだ」

「指名手配犯の捕り物や、被疑者宅を訪ねることを、事前に当事者に知らせたら、そういうことになるでしょう。でも、こちらはただ協力をお願いに行く立場ですよ」

「娘のパソコンから脅迫メールが送られたことは事実なのだろう？　遠隔操作ウイルスとは限らない。娘が脅迫メールを自分で送信したのかもしれない」

「自分らは、専門にそのことを調べていますから、万に一つも娘さんが疑われることはないとわかっているんです」

　樋口は、何と言っていいのかわからなくなった。

「しかし、娘が任意提出を拒否し続けたら、捜索差押許可状を取って、強制捜査することになるんだろう？」

「そんなことはしませんよ。あくまでも協力をお願いするだけです。もっとも、遠隔操作ウイルスを作成したり、それをばらまいたという疑いがある場合は、もちろん強制捜査もあり得ますよ」

俺は取り越し苦労をしていただけだというのか。

樋口は思った。

疑心暗鬼になり、余計なことをあれこれ考えていたに過ぎないということだ。脱力感を覚えると同時に、嫌な気持ちになった。

それもこれもすべて保身を考えていたからではないかと思ったからだ。

娘のところに捜査員が行くと聞いたとき、まず最初に考えたのは、娘のことではなく、自分の立場ではなかったか……。

まず娘のことを心配するのが親というものだ。それなのに、娘が強制捜査を受けたら、自分が処分の対象になるのではないかと心配したのだ。

樋口は、そんな自分が嫌だった。

苦い思いに浸っていると、伊勢原が言った。

「氏家さんから、アイディアをいただいて助かりました。また明日、お嬢さんのところにうかがうことになりますが、そのときは、氏家さんのアドバイスに従うことにします」

「氏家は何と言ったんだ？」

「パソコンを調べるときに、お嬢さんが立ち会うことを認めろ、と……。調べがいつになるか、はっきりしませんが、できる限りお嬢さんのご都合に合わせることにします」

「パソコンの分析は、どこでやるんだ？」

「科捜研か、どこかの大学になりますね。警視庁の職員だけじゃ手が足りなくて、協力を依頼している大学があるんです」

　樋口は言った。

「それを俺に言うために、わざわざ来てくれたのか？」

「ええ。樋口係長は、自分の恩人ですから……」

「正直に言うと、その話は覚えていないんだ」

「それでもかまいません。自分は忘れません」

　樋口はふと気になって尋ねた。

「もし、照美が警察官の娘でなかったら、パソコンの分析に立ち会うことなど許さなかっただろうな？」

「当然そうでしょうね。証拠品となり得る物品の分析に、持ち主を立ち会わせることは、あまりありませんからね」

「それは問題ではないのか？」

「恩人のために何かしたいと思うことは、問題ですか？」

「我々警察官は、法と規則の中で生きている。情よりも法を優先しなければならないことが多い。それを覚えておいてほしい」

「わかりました。でも、今回だけは大目に見ていただきます」

樋口はうなずいた。

「感謝するよ」

「一つ、お訊きしてよろしいですか？」

「何だ？」

「お嬢さんを立ち会わせるという妥協案は、もしかしたら、氏家さんのアイディアではなく、樋口係長のお考えだったのではないですか？」

樋口は、その質問にはこたえないことにした。そして、言った。

「君は、必ずいい刑事になれる」

19

伊勢原と別れて、取調室から戻ると、小森と小泉が外出の用意をしていた。

樋口は小森に尋ねた。

「帰宅するのか？」

「いや、小泉さんが、現場を見たいと言うので……」

樋口は小泉を見た。

「こんな時刻にですか？」

「ええ、捜査員の方々は、時間など気になさらないのでしょう？」

「それはそうですが……」

「確認したいことがあれば、夜中だろうが早朝だろうが調べるのですね？」

「ええ……」

「だから、私もそうさせてもらおうと思ったのです」

小森は、小泉に気づかれぬようにそっと肩をすくめてみせた。

言うとおりにするしかない、と言っているのだ。

樋口は、小泉に言った。

「わかりました。私もいっしょに行きましょう」

小森が言った。

「俺だけじゃ、心配か？」

樋口は、慌てて言った。

「いや、そういうわけじゃない。俺も、小泉さんが何を考えているか、興味がある」

小森がにっと笑った。

「冗談だよ。さあ、行こうか」

小泉に、現場を見せることに、何か意味があるだろうか。もし、そうでなければ、時間と体力の無駄だ。どちらも限られている。

樋口は考えてみた。

その結果、意味があるという結論に達した。

他の捜査員たちは、田端課長の言葉に従って、これまで名前が挙がった樫田、柳本、そして楢崎の周辺を徹底的に洗い直している。

小泉は、何かに気づいているようだ。そして、それが被害者の性格や生き方に関係しているのかもしれない。

だとしたら、小泉が知りたいという情報はすべて与えるべきだ。

三人は、徒歩で殺人現場となった三宿のマンションに向かった。歩くと十五分ほどかかり、刑事たちは慣れているが、小泉には辛いのではないかと思った。

だが、それはまったくの杞憂《きゆう》だった。彼女は歩き慣れているようだった。

現場に着くと、小森が鍵を取り出した。捜査本部ができたときに、不動産会社から借りた合い鍵だ。

捜査本部ができて三日経った。すでに部屋の封印は解かれている。そして、まだ被害者の荷物はそのまま残っていた。

鍵を掛ける必要があるし、再度部屋に入るときは、管理責任者の許可を取らなければならない。

令状がない限り、犯行現場といえども勝手に出入りはできない。

小森が部屋の明かりをつけた。

小泉は、気後れしたように玄関に佇《たたず》んでいたが、やがて覚悟を決めたように靴にビニールのカバーをつけて部屋に上がった。

小森と樋口も同様に、ビニールカバーを靴につけて、小泉の後についていった。

小泉は、まず台所で立ち止まって振り返り、玄関のドアを見つめた。それから向き直り、奥のリビングルームに向かった。

小泉は、床にチョークで描かれたマークを眺めていた。人形《ひとがた》のマークだ。それが被害者の倒れていた場所だということは、言わなくてもわかるだろうと、樋口は思った。

小泉は、そこからまた玄関のドアを見た。

そして、無言で何か考えていた。

小森が尋ねた。

「何かわかりましたか？」

小泉は、逆に質問した。

「被害者は、ここに倒れていたのですね？」

小森がうなずいた。

「そうです」

「どこかで殺されて、ここに運ばれてきたのですか？」

樋口と小森は顔を見合った。

小森がこたえた。

「いいえ、そういう形跡は見られなかったですね。遺体を引きずったりすると、必ずその痕跡が、部屋にも遺体にも残りますが、そういうものは発見されませんでした」

「では、この場所で殺害されたと考えていいのですね？」

「そうです」

「死因は、絞殺でしたね？」

「いいえ、扼殺です」

「つまり、ヒモなどではなく、手で絞め殺したということですね？」

「そうです」

「乱暴された跡はなかったのですね？」

「性的な暴行の意味ですか？」

「そうです」

「ありませんでした」

小泉はうなずいた。

それからまた、しばらく考え込んだ。

樋口も質問してみることにした。

「先ほどから玄関のドアのほうを気にされていますね？　何か理由があるのですか？」

「この現場のことを聞いて、ストーカーや痴漢の訴えを起こされている相手が殺人犯ではないと感じていました。実際に部屋を見て、それを実感しました。性的な暴行がなかったということも、それを裏付けているように思えます」

「確か、関東日報の下柳に、そのようなことを言っていましたね」

樋口は確認したかった。「あなたは最初から樫田、楢崎、柳本が犯人ではないと考えていたのですか？」

小泉は、慌てた様子で言った。

「いえ、なんとなくそう感じていたに過ぎません」

「どうして捜査本部で、それを言ってくれなかったのですか？」

「私は、殺人事件については発言する立場にありませんでした。あくまでも、ストーカーについての参考意見を述べるだけの立場でした」

「立場がどうのという問題ではないでしょう。捜査には、どんな意見でも役に立つのです」

「もし私が、樫田たちが犯人ではないと言ったら、捜査員の方々は耳を貸してくれたでしょうか？」

そう言われて、樋口は、一瞬、返答に困った。

発足当初からすでに捜査本部全体が、ストーカー殺人、あるいは、痴漢で訴えたことに対する怨みが動機と考えて、動きはじめていた。

その動きを止めたり、方向転換させるには膨大なエネルギーが必要だ。

たった一人の意見などかき消されていたかもしれない。

樋口は、すぐに冷静さを取り戻して尋ねた。

「現場をごらんになって、彼らが犯人ではなかったと確信したのですね？　理由は何です？」

「犯行の場所です」

「犯行の場所……？」

小泉が玄関のドアを指さして言った。

「あそこからこの犯行の場所までは、距離があります。もし、ストーカーや、痴漢の訴えを起こされていた相手なら、どうしてこんな場所まで入ってこられたのでしょう」

樋口は言った。

「その点については、通報があって現着したときに、すぐに考えました。顔見知りの犯行かもしれない、と……」

「そう……」

小森が言った。「金が盗まれていなかったから、物取りの犯行ではないという話もしたな……」

樋口は小森に言った。

「当番の、うちの係員と話をしたんだ。どうして、こんな部屋の奥に死体があるんだろうって……」

その点にもっとこだわるべきだったのだろうか……。

小森は、かぶりを振って言った。

「俺には、とてもそんな余裕はなかったな……。俺の署が被害者からストーカーの相談を受けていたと聞いて、やばいと思ってしまったんだ。てっきりまた、ストーカー殺人が起きてしまったと思ったんだ。マスコミに対する対応や、署の幹部の処分のことなんかを考えると、暗澹とした気分になっちまった」

樋口は言った。

「俺もそうだ。また、警察がマスコミに叩かれる。そう考えていたんだ」

小泉が言った。

「私は女性だから、よけいに敏感なのかもしれません。相手がストーカーや、痴漢の疑惑がある人物なら、部屋に上げたりしないでしょう。ドアすら開けないと思います。そんな人が訪ねてきたら、その時点で警察に通報していたかもしれません」

樋口は言った。

「当番の係員は、部屋の中で待ち伏せしていたのではないかと言っていました」

それについてこたえたのは、小泉ではなく小森だった。

「待ち伏せというからには、部屋の鍵を持っているとか、被害者に気づかれずに部屋に侵入する手段を持っていなければならない」

樋口は小森に言った。

「鍵をこじ開けたような形跡は……？」

「鑑識の報告では、そういう痕跡はないということだ」

小泉が言う。

「玄関からの距離は、心理的な距離に反比例します。つまり、見ず知らずの人には、ドアも開けない。近所の顔見知りなら、玄関のドアを開けて、立ち話をする。もっと親しい人なら、玄関の中に入れたかもしれませんが、部屋までは上げない……」

樋口は尋ねた。

「この場合は、どう考えられますか？」

「この位置まで犯人が入ってきていたということは、かなり心理的に近い人だと考えることができます」

「たしかに……」

小森が言った。「玄関からこの位置まで押し入ったとしたら、被害者はかなり抵抗するはずだ」

樋口は小森に確認した。

「争った声や物音を聞いた者はいないんだな？」

「聞き込みでは、そういう証言は得ていない」

「あるいは、刃物か何かで脅かされて抵抗できなかったということも考えられる」

「いや。刃物を持っていたとしたら、殺すのも刺殺になるはずだ。わざわざ手で絞め殺すはずはない」

樋口は、小泉に言った。

「あなたの説に従えば、犯人と被害者は、単なる顔見知り以上の関係ということになりますね」

小泉は、とたんに慎重な態度になった。

「でも、鍵を持っていれば、当番の方が言ったように、待ち伏せすることも可能です。管理人とか、不動産会社の人とか……」

小森が樋口に言った。

「たしかにその可能性は否定できない」

樋口は、思わずつぶやいていた。

「最初に現場を見たとき、犯行の場所が気になったことは事実なんだ。それについて、もっと真剣に考えていれば……」

「愚痴を言うなんて、あんたらしくないな」

樋口は、またしても戸惑ってしまった。

俺らしくないというのは、どういうことだろう。こういう場合、どうすれば俺らしいのか。それがわからない。

樋口が黙っているので、小森がさらに言った。

「いつものあんたなら、こう言うと思う。新たな展開だ。今度こそ、解決に近づけるかもしれないってな……」

時計を見ると、午後十一時半を過ぎていた。

樋口は小泉に尋ねた。

「他に何か気づいたことはありますか？」

「いいえ」

「まだ現場で調べたいことは……？」

「いえ、けっこうです」

「じゃあ、俺たちは捜査本部に戻ります。ずいぶんと遅くなってしまいました。このまま、帰宅してください」

小泉が樋口に尋ねた。

「捜査本部に戻って、どうされるのですか？」

「天童管理官に今の話をしてみます。もし、課長がまだ残っていたら、課長にも伝えます」

「では、私も捜査本部に戻ることにします」

そして、彼女は付け加えた。「もし、ご迷惑でなければ……」

「迷惑ではありませんが、あなたには、捜査本部に詰める義務はないと思いますが……」

「義務で言っているわけではありません」

樋口には、なんとなく理解できるような気がした。彼女は、話の成り行きが気になるのだ。

もし、樋口が彼女の立場だとしても、このまま帰宅したいとは思わないだろう。

樋口は、小泉に言った。

「わかりました」

三人は、再び徒歩で、世田谷署に戻った。

課長はまだ残っていた。今夜は泊まるつもりかもしれない。

樋口は、天童に言った。

「小泉さんが、現場を見て、被害者と犯人の関係について、興味深いことを発言されたのですが……」

　天童が尋ねた。

「どんなことだ？」

　樋口は、簡単に説明した。天童は、迷わずに言った。

「すぐに課長にも伝えよう。来てくれ」

　天童が席を立って、課長席に近づいた。樋口、小森、そして、小泉の三人がそれに続いた。

　田端課長は、顔に疲労を滲《にじ》ませていた。三人の重要参考人が、すべて空振りだったことがこたえているようだ。

　課長は天童に言った。

「どうした？」

「この三人が、現場を見てきまして、報告したいことがあるというんです」

　田端課長が樋口を見て言った。

「何だい、ヒグっちゃん。現場で何か見つけたのか？」

「いえ、見つけたわけではなく、見落としていたのかもしれないと思いまして……」

「見落としていた……？」

「あるいは、他のことに気を取られていたか……」

「どういうことだ？」

「これは、小泉刑事指導官のご意見なのですが……」

そう前置きして、樋口は現場で話し合ったことを伝えた。

話を聞き終わると、田端課長が言った。

「犯行の位置だって？　どうして、捜査員が誰もそれを指摘しなかったんだ？」

樋口は、こたえた。

「すみません。私も現場を見たときに、ちょっと気になったのですが、被害者が世田谷署にストーカーの相談をしているという話に気を取られてしまって……」

「別に責めているわけじゃない。俺は不思議なんだよ。捜査一課の殺人犯捜査係や、所轄の強行犯係は、殺人捜査の目利きぞろいだ。現場を見て、被害者と犯人の関係が読めないはずがない」

毎日捜査をしていると、往々にしてこういうことが起きがちだ。

慣れが生じてしまうのだ。

何かに気づいても、自分が指摘するまでもないと思ってしまうこともある。そうして、結局、誰も指摘しないうちに、捜査が流れていってしまうのだ。

たしかに、田端課長が言うとおり、刑事は犯罪に関しては目利きぞろいだ。だが、一つの捜査方針のもと、一丸となって捜査を進めるような場合、個人の能力が有効に発揮できないこともある。

捜査本部のような、大人数による短期集中的な捜査が悪いと言っているのではない。犯罪捜査は、それくらいに微妙なものだということだ。

天童が言った。

「私も現場を見ているので、なんとも面目ない話ですが、やはり、ストーカー殺人の疑いが浮上して、舞い上がっちまったってことでしょうね」

「まあ、今回の場合は、しょうがないな……」

田端課長は、気分を変えるように言った。「今、捜査員たちは、樫田、楢崎、柳本の三人の周辺を洗い直しているんだな？」

天童がこたえる。

「はい、そうです」

「それに加えて、被害者の交友関係を洗い直す必要が出てきたということだ」

天童が付け加える。

「それと、部屋の鍵を持っていた可能性が高い人物たち……」

「その洗い直しで、何かつながるものが見つかるかもしれない。いや、必ず見つかるはずだ」

樋口は、しばらく迷っていたが、会話が終わりかけたので、思い切って言うことにした。

「実は、重点的に調べてみたい人物がいます」

田端課長が言った。

「ほう、誰だ？」

「第一発見者の石田真奈美です」

田端課長が、じっと樋口を見て言った。

「第一発見者……。たしか、被害者の飲み友達だったな……」

「はい」

天童が言った。

「第一発見者を疑えというのは、鉄則だが……」

樋口は、小森に尋ねた。

「被害者の携帯電話の通話記録は調べているな？」

「もちろん」

「被害者が最後に電話で話をしたのは誰だ？」

小森は、思案顔でこたえた。

「石田真奈美だ。しかし、それは、被害者の部屋で飲む約束をしていたから、そのことについて連絡を取り合っただけなんじゃないか」

「そうかもしれない。でも、被害者が最後に話をしたのが、石田真奈美だというのは事実だ」

小森は、迷った様子で天童と田端課長を見た。

樋口は、小泉に尋ねた。

「飲み友達で、犯行当日部屋で飲む約束をした相手なら、あの犯行の位置まで入り込むことはできるはずですね？」

小泉も怪訝な顔で言った。

「もちろん、そうですが……」

樋口はもう一度、田端課長に言った。

「石田真奈美の洗い直しが必要だと思います」

田端がうなずいた。

「わかった。やってくれ」

20

午前一時頃、田端課長が帰宅した。捜査員たちは起立して見送る。

着席すると、天童が言った。

「石田真奈美だが、張り込みの必要はあると思うか？」

樋口はこたえた。

「できれば……」

強くは主張できない。現在、捜査員たちは重要参考人だった三人の周辺の洗い直しに駆り出されている。

さらに、被害者の交友関係を洗い直す必要が生じた。

どの班もいっぱいいっぱいなのはわかりきっている。石田真奈美に張り付くとなると、最低でも四人。余裕を見れば六人が必要になる。

できれば、余計な負担は増やしたくはない。だが、できるだけ早く石田真奈美を監視下に置きたいのも事実だった。

「わかった。張り込みの班をひねり出すとしよう」

それから、天童、樋口、小森、そして世田谷署刑事課長の四人で、捜査員の一覧表からなんとか人員を確保した。

小森が言った。

「現時点では、四人しか出せないな」

刑事課長が言う。

「明日、他の係や地域課などから応援を出してもらおう」

張り込み班となった四人に、樋口が連絡を取り、張り込みの段取りをつけさせた。二人ずつ交替で張り込むことになる。

これで、石田真奈美の動向を把握することができる。

「問題は……」

天童が言った。「石田真奈美に犯行が可能かどうか……。また、動機があるかどうかということだが……」

小森が苦い顔で言った。

「いちおうアリバイについては尋ねていますが、通報者ということで、あまり突っ込んで話は聞いていないですね……」

天童が、その言葉にうなずいてから、樋口に尋ねた。

「彼女に会いに行ったときも、アリバイの話はしなかったんだね？」

「あくまでも、被害者が生きていたときのことを聞くのが目的でしたから……」

「その点は、急いで確認する必要があるな。あと、扼殺だから手の痕跡が残っていたはずだ。それから手の大きさがある程度わかるだろう。それで、女性か男性かの違いがわかるかもしれない」

樋口はうなずいた。

「鑑識に確認してみます」

「ヒグっちゃんを信用しないわけじゃないが、いちおう訊いておく。どうして、石田真奈美を洗い直す必要を感じたんだ？」

「可能性の問題です。小泉さんの話を聞いて、彼女の部屋に怪しまれずに入り込める者は誰かと考えたのです。いろいろな可能性がありますが、被害者の飲み友達である石田真奈美がその一人であることは間違いありません」

「それだけだと、根拠に乏しいな……。彼女には動機がない。被害者との間に、争い事があったという情報はない」

樋口は、しばらくどう説明すべきか考えてから言った。

「石田真奈美の証言によって、被害者の印象が大きく変わりました。それまでは、ストーカー被害にあった挙げ句に殺された気の毒な被害者という印象でした」

天童が言った。

「たしかにそうだが、それが動機と何か関係があるのか？」

「私は、石田真奈美が南田麻里のことを語るとき、その態度にかすかに憎しみを感じたのです」

「憎しみだって？」

天童に聞き返されて、樋口は、言いすぎだったかもしれないと感じた。

「いえ、どう言ったらいいか……。それは私だけが感じたことなのかもしれませんが……」

そのとき、小泉が言った。

「私も感じました」

樋口は小泉を見た。

同時に、天童と小森も彼女を見ていた。

小泉が言葉を続けた。

「私も、石田真奈美の話を聞いていて、おやっと思ったのです。たしかに彼女の口調や態度から、怒りや憎しみといった感情が感じられました。それは、友達を殺されたことへの怒りなのかもしれないと思っていましたが、今改めて考えると、樋口さんがおっしゃるように、南田麻里に対する憎しみだったのかもしれません」

天童がしばらく何事かを考えてから言った。

「もし、石田真奈美が南田麻里のことを憎んでいたとしたら、それは殺害の動機になり得るかもしれないが……。しかし、二人が争っているという情報はないんだろう？」

小森が言った。

「これからの調べで何かわかるかもしれません。さっそく、調べられるところから始めましょう」

「そうだな……」

天童が言った。「ただし、他の可能性も無視はしない。樫田、楢崎、柳本の周辺にいる誰かが犯行に及んだという可能性は大きい。動機の面では、それが一番なんだ」

樋口はこたえた。

「わかっています。石田真奈美は、可能性の一つでしかありません」

「よし、では、始めよう」

樋口は、時計を見た。

「午前一時半……。石田真奈美と南田麻里が知り合ったというスナックはまだやっているでしょう。行って話を聞いてみようと思います」

小森が言った。

「じゃあ、俺は書類のほうを当たってみる」

天童が言った。

「俺は、ここで知らせを待っている」

小泉が樋口に言った。

「いっしょに行ってもいいですか？」

樋口はうなずいた。

「そうしてくれると助かります」

これは本音だった。

先ほど、天童の前で、自分も石田真奈美の憎しみや怒りを感じたと、言ってくれたのはありがたかった。

警察署を出て、世田谷通り方面に二人で歩いた。世田谷通りから一本裏手に入ると、小路《こみち》が交差する飲食店街がある。

時代に取り残されたような一角で、樋口は妙に心惹《ひ》かれた。

その小路に面して、小さなスナックがあった。『ターコイズ』という名だ。石田真奈美の行き付けのスナックだ。ここで、南田麻里と知り合ったということだった。

ドアを開けると、すぐにカウンターがある。奥には小さなテーブルが一つだけ。

「いらっしゃい」

カウンターの中から三十代半ばの女性が声をかけてきた。「お二人ですか?」

カウンターには客が二人いた。男と女だが、二人で飲みに来ているという感じではなかった。

おそらく、二人とも常連で、別々に飲みに来ているのだろう。

樋口は言った。

「すいません。ちょっと話をうかがいたいんです」

警察手帳を出した。

すると、カウンターの中の女性が言った。

「もしかして、麻里ちゃんのこと?」

「ええ……。あなたが、ここの責任者ですか?」

「責任者っていうか、まあ、いちおうママをやってるけどね」

「お名前は?」

「なあに、あたしの名前を訊く必要があるわけ?」

「すいません。報告書を書くときに、誰の発言かを明記しないといけないんです」

「城田恵美《しろたえみ》」

「すみません、どういう字を書きますか？」

「しろたは、お城に田んぼの田。えみは、恵みに美しい」

「どうも……」

部下と二人なら、メモを部下に任せるのだが、小泉にそれを期待するわけにもいかない。樋口は、ルーズリーフのノートを取り出して、城田恵美の名前をメモした。

「うかがいたいのは、南田麻里さんと石田真奈美さんのことについてなんです」

「まずは、何かお飲みになったら？」

「すいません、仕事中ですので……」

「こっちも仕事中なんですけどね」

樋口は、考えた。

飲み屋に聞き込みに行って、そのたびに飲んでいたら仕事にならない。

だが、時刻を考えれば、一杯やるのも悪くない。まだ捜査本部で働いている天童や小森には悪いが、酒を注文することにした。

樋口は生ビールを頼んだ。そして、小泉にも何か頼むように言った。彼女も、生ビールを注文した。

飲み物を注文したことで、カウンターの席に座ることができた。

「それで……？」

生ビールのジョッキを二つ、カウンターに出すと、ママの城田恵美が言った。「二人の何が訊きたいの？」

「二人は、よく飲みに来ていたんですか？」

「いっしょに飲みに来ることは、あまりなかったわね。仕事が終わって、真奈美ちゃんが飲みに来ているところに、深夜、麻里ちゃんがやってくるってパターンが多かったわ」

「二人は、仲がよかったのですね？」

「常連同士ですからね。まあ、仲はよかったと思いますよ」

「こちらの店以外でも、二人で飲んだりしていたんでしょうか？」

「さあね。よそでのことはわかりませんよ」

「事件の夜、石田真奈美さんが、南田麻里さんの自宅を訪ねる約束をしていたようですが……」

「まあ、そういうことがあっても不思議じゃないわね」

「過去にもそういうことがあったということですか？」

「どうかしら……」

どうも、発言の歯切れが悪い。

客のプライベートなことには触れたくないのかもしれない。

「石田真奈美さんは、このお店に来られるようになって長いのですか？」

「そう長くはないわね。どれくらいかしら……」

カウンター席にいた常連らしい男性客が言った。

「真奈美ちゃんがここに初めて顔出したのは、半年くらい前じゃないかな……」

「半年くらい前……？」

樋口は、その話に違和感を覚えて、思わず小泉の顔を見ていた。小泉も戸惑ったような表情をしている。

樋口は、その男性客に尋ねた。

「石田真奈美さんと南田麻里さんは、この店で知り合ったのですよね？」

「そうだと思いますよ」

「もともと石田真奈美さんが常連で、後から南田麻里さんも通うようになったのですよね？」

「いや、そうじゃなかったと思いますよ」

「そうじゃなかった……？」

「二人がこの店に来るようになったのは、同じ頃ですよ。どっちが先だったかは、よく覚えていないな。もしかしたら、麻里ちゃんのほうが先だったかもしれない」

　この話は、石田真奈美の証言と一致しない。

　樋口は、ママの城田恵美に尋ねた。

「今の話は確かですか？」

「そうね……」

　恵美は、しばらく考えてからこたえた。「タマちゃんの言うとおりかもしれない」

　タマちゃんというのが、男性常連客の呼び名なのだろう。

「確かですか？」

「思い出した。間違いなく、先にこの店に来たのは麻里ちゃんね。初めて来た日から気に入ってくれて、それから週に何度も寄ってくれるようになった。仕事帰りに、ちょっと寄るという感じだったけど……」

「仕事帰りというと、渋谷のキャバクラですか？」

「そう。だから、ここに来るのは二時とか三時とかが多かったわね」

「それが、六ヵ月ほど前ということですね」

「そう。引っ越してきたばかりだと言っていたわね」

「石田真奈美さんが、ここに来るようになったのは……？」

「そうね……。麻里ちゃんが来るようになった直後だと思うけど……。初めて来てくれたのは、麻里ちゃんが通いはじめてすぐのことだから……。麻里ちゃんが初めてここに来てから、一週間ほど経った頃かしらね……」

タマちゃんがうなずく。

「そうそう。たしか、そうだよ。美容院の休みの前の日だからって、遅くまで飲んでいて、それで麻里ちゃんと、なんか意気投合しちゃって……」

樋口は、さらに質問した。

「二人が仲違《なかたが》いしたようなことは、ありませんでしたか？」

「なかったと思う。少なくとも、この店ではね」

「他の場所ではあったかもしれない、ということですか？」

「そんなこと、言ってないわよ。この店以外で、あの二人に会うことはなかった。だから、この店以外でのことは、知らないと言っているのよ」

樋口はうなずいた。

いつしか、ジョッキが空になっていた。

「おかわりは？」

恵美が樋口に尋ねた。

「いえ、もうけっこうです」

樋口は、小泉の顔を見た。何か質問したいことがあるのではないかと思ったのだ。彼女は、ビールを一口飲んでから恵美に言った。

「先に声をかけたのは、どっちだったか、覚えてませんか？」

恵美は苦笑した。

「半年も前のことなのよ。それにね、ここには毎日お客さんが来て、毎日、似たようなやり取りがあるの。そんなこと、いちいち覚えていられないわね」

「そうですよね……」

「あたし、覚えてるかも……」

カウンターの一番奥にいる女性客が言った。

恵美とタマちゃんが驚いたように、その女性客を見た。

タマちゃんが言った。

「マジかよ？　ずいぶん前のことだぞ」

「そのとき、私もあの二人と話をしたから……。最初、私と麻里ちゃんが話をしていて、それに真奈美ちゃんが加わってきたのよ」

小泉が尋ねた。

「それ、間違いないですね？」

「間違いない。旅行の話をしてたのよ。麻里ちゃんがよくタイに行くという話をしていて、私も行ったことがあるから、ちょっと盛り上がっていたら、真奈美ちゃんが、今度行きたいと思っていたので、詳しく教えてくれって……」

樋口は、女性常連客に尋ねた。

「よろしければ、お名前と連絡先を教えていただけますか？」

女性客は、にやにやして言った。

「なあに。ナンパ？」

「いえ、仕事です」

「そうよね」

女性常連客の名前は、佐原夕子《さはらゆうこ》。住所は世田谷区太子堂二丁目だった。

「俺の名前と住所も訊くんだろう」

タマちゃんが言った。

「お願いします」

タマちゃんの本名は、玉川康《たまがわやすし》で、住所は世田谷区三軒茶屋一丁目だった。

樋口は、ママの城田恵美と二人の常連客の連絡先をひかえた。

「ご協力ありがとうございました」

樋口が言うと、恵美が言った。

「ビールを飲んでくれたんだから、お客さんよ。また来てね」


捜査本部に戻った樋口は、今聞いてきた話をすぐに天童に報告した。

「石田真奈美は、もともと自分が『ターコイズ』の常連で、引っ越してきて店に通いはじめた南田麻里と知り合ったという証言をしていたのです」

その話を、小森も聞いていた。彼は言った。

「話が逆だな。石田真奈美が嘘を言っていたということになるな」

天童が言った。

「嘘をつくには理由があるはずだ」

樋口は言った。

「午前中にもう一度彼女を訪ねて、そのあたりのことを詳しく訊いてみようと思います」

「了解だ」

「天童さんは、少し休んだらどうですか？　私がここを見ています」

「だいじょうぶだ、と言いたいところだが、さすがにへばってきた。ちょっと仮眠を取らせてもらう」

「そうしてください」

天童は、笑みを浮かべた。

「課長も言っていた。ヒグっちゃんには、そろそろ管理官になってもらいたいってな。ここは任せて、休ませてもらおう」

「いえ、私は、まだまだ管理官などという器ではありません」

「俺につとまっているんだ。ヒグっちゃんならだいじょうぶだ。じゃあな……」

天童は席を立って、捜査本部を出て行った。

小森が言った。

「いよいよ樋口さんも、管理官殿か……」

樋口は、きっぱりと言った。

「まだ、そんなことは考えていない」

樋口は、話題を変えたくて、小泉に言った。

「石田真奈美と南田麻里が知り合ったとき、どちらから声をかけたかと、質問なさいましたよね？」

「はい」

「その質問の意図は……？」

「あくまでも仮定の話なので、言っていいものかどうか……」

「話してください」

小泉は、しばらく考えてから話しはじめた。

「石田真奈美が南田麻里を殺害したのだとしたら、という仮定の上での話です。石田真奈美に計画性があったのかどうかを確かめたかったのです」

「なるほど……」

小森が言った。「石田真奈美に、南田麻里と知り合いになる必要があったかどうかということですね？　つまり、石田真奈美が、『ターコイズ』で声をかける前から南田麻里のことを知っていたかどうか……」

小泉は、慌てた様子で言った。

「あ、でも、あくまで、もしそうなら、という仮定の話ですから……。どちらが先に声をかけたか、なんて裁判では証拠になんかなりませんよね」

「証拠にはならないかもしれません」

樋口は言った。「しかし、筋を読むのには役立ちます」

21

朝の七時に天童が起きてきて、樋口に言った。

「代わろう。少し休んでくれ」

小泉と小森はそれぞれ仮眠を取りに行っている。

樋口は、こたえた。

「会議があるんじゃないですか？」

「この時点で、捜査員を招集する意味はない。課長も会議の必要はないと言っている。この管理官席に情報を集約して指令を出す。何かあったら起こすから、休んでくれ。今、ヒグっちゃんに倒れられでもしたら困る」

正直言って、ありがたかった。

頭の芯が重く、眼がしばしばしていた。一、二時間、仮眠を取るだけでずいぶんと楽になるはずだった。

「では、そうさせていただきます」

樋口は、道場に敷きつめた蒲団のどれかにもぐり込むことにした。捜査幹部は、もっとましな場所で仮眠を取る。

樋口もそういう恩恵にあずかれる立場なのかもしれない。

だが、どうしても一般の捜査員と同じ境遇を選んでしまう。部下の係員の中には、自分より年上の者もいる。

係長なのだから、そんなことは気にしなくてもいいのだろう。だが、樋口は気にしてしまう。

蒲団に入ると、たちまち眠りに落ちた。


目を覚ますと九時過ぎだった。二時間はぐっすり眠ったことになる。

二時間の仮眠の成果は大きかった。熟睡したおかげで、先ほどより頭がすっきりとしていた。

樋口は、捜査本部に向かった。

すでに、田端捜査一課長が臨席していた。小泉と小森もやってきていた。

席に着くと、小森が樋口に言った。

「石田真奈美の転居の記録が確認された」

「転居？」

「そう。彼女も、実は六ヵ月ほど前に、現在の三軒茶屋一丁目に引っ越してきたんだ。転出転入届で確認した」

小泉が言った。

「南田麻里が三宿に引っ越してきたのと、同じ時期ですね」

樋口は尋ねた。

「職場は？」

小森がこたえる。

「同時期に、今の美容院に転職している」

「その前は？」

「原宿の美容院だ。以前のアパートの住所は、渋谷区神宮前三丁目」

「なぜ職場を替わり、転居したのか、確認する必要があるな」

「俺には、南田麻里を追ってきたように思えるんだがな……」

「たしかに」

樋口は言った。「『ターコイズ』の常連客たちは、石田真奈美のほうが、南田麻里よりも、店に来るようになったのは後だと言っていた……」

小泉が言った。

「原宿の美容院から三軒茶屋の美容院ですか……。何かあったとしか思えませんね」

樋口が聞き返した。

「何かあった……？」

「ええ。美容院の格というかレベルというか、そういうのを考えたら、一般的には三軒茶屋よりも原宿のほうが上でしょう。まあ、一概に言えませんし、三軒茶屋にもレベルの高い店はあるのかもしれませんが、原宿から三軒茶屋の店に移ったと言ったら、普通は何かあったと思うでしょうね。店でヘマをやってクビになったとか……」

「たしかに、何か理由があるかもしれないですね」

小泉が思案顔で言う。

「その理由というのが、南田麻里に関することであることは、充分に考えられると思います」

それまでの三人のやり取りを無言で聞いていた天童が言った。

「先走っちゃいけない。たしかに、証言に事実との食い違いがある。だが、引っ越しの時期が被害者と同じというだけで、怪しいと決めつけてかかるわけにはいかない」

樋口は、天童のこの発言の意味を、ちゃんと理解していた。

捜査員なら誰でも石田真奈美を怪しいと考えるだろう。だが、誰かがブレーキをかけなければならない。

あるときはアクセルを踏み、あるときはブレーキをかける。それが管理官の役割だ。

「わかりました。もう一度本人に会って話を聞いてみます」

樋口がそう言うと、天童がこたえた。

「もう少し、事実関係を固めてから会いに行ったほうがいいんじゃないか?」

小森がそれに同意した。

「そうですね。今、石田真奈美の交友関係を洗っていますから……」

樋口は天童と小森に言った。

「わかりました。たしかに今話を聞いても、何も知らないと言われたら、話が進みません。『ターコイズ』でのことも、勘違いをしていたと言われたら、それ以上突っ込みようがないし、引っ越しの時期も偶然で片づけられる恐れがあります」

小森が言った。

「張り込んでいる連中に、様子を聞いてみるよ」

樋口がうなずいたとき、携帯電話が振動した。妻の恵子からだった。

「どうした？」

樋口は席を立って、人がいない講堂の端に移動した。

「照美のことなんですけど……」

また、何か問題か……。その件は、片づいたはずなのだが……。

もしかしたら、伊勢原が嘘をついたのかもしれない、と樋口は思った。

樋口を安心させることで、照美を油断させ、厳しい措置をとる。そういうことをやる警察官は少なくない。

いや、そういうことができるやつほど出世する。警察や検察という仕事は、そういう一面もある。

伊勢原本人の意思ではなくとも、上役が照美の立ち会いを認めないという事態になれば、結果的に嘘をついたことになる。

樋口は、暗い気分で尋ねた。

「パソコンの件だな。どうしたんだ？」

「立ち会いとかは必要ないから、パソコンを持っていって調べていいって、急に照美が言い出して……」

「どういうことだ？」

「わからない。警察の人が、どうしても提出するのが嫌だったら、分析するときに立ち会ってもいいと言いに来てくれて。それから、照美は何か考えていたんだけど……。今朝になって、提出すると言い出したの」

「それは、警察にとっては好都合だ。つまり、照美に対する心証もよくなるということだが、なぜ急に考えを変えたのだろう」

「本人に訊いてみてくれる？」

樋口は、わずかに顔をしかめていた。

もちろん家族の問題は大切だ。だが、このタイミングで面倒な話はしたくなかった。できれば、恵子に任せたかった。

だが、そうはいかないだろう。警察が絡む問題で不安になったから恵子は樋口に電話をしてきたのだ。

そして、父親として照美の話を聞く責任がある。

「わかった。代わってくれ」

しばらく待たされた。

「電話代わったわ」

照美の声だ。

「せっかく警察が分析の際の立ち会いを認めてくれたのに、その必要がないと言っているようだな?」

「うん」

「どうしてだ?」

「反省したから」

「何をどう反省したんだ?」

「遠隔操作ウイルスをばらまいて、他人のパソコンから脅迫メールを送るなんてやつは、社会の害悪よね。警察は、それを捕まえようとしているわけだから、それに協力するのは、私の義務だって理解したわけ」

「それは、父さんがおまえに言ったことのような気がするな」

「だから、お父さんが言ったことを理解したってことよ」

「じゃあ、無条件でパソコンを提出するってことだな?」

「プライベートなことを調べられるのは嫌だけどね」

「心配するな。警察は、遠隔操作ウイルスの痕跡を見つけたいだけだ」

「わかった」

樋口は、久しぶりに気分が晴れ晴れとしていくのを感じていた。

娘は部屋に閉じこもりがちだし、樋口の勤務時間は不規則だ。

話ができないことは、仕方がないことだと思っていた。そして、そのことで、照美が樋口から離れていくのも仕方のないことだ、と……。

父親の義務を果たしていないのだから、父親としての権利も、当然縮小される。そう考えていたのだ。

だが、ちゃんと話をしてみれば、それが杞憂だったことがわかる。照美は、樋口が言ったことを、充分に理解してくれたのだ。

こういうときに親は、忘れずに子を褒めてやらなければならない。

「父さんが言ったことを理解してくれてうれしい。協力してくれることを、生安部に代わって礼を言う」

「あのね……」

照美は、何かためらっている様子だ。

「何だ？」

「警察にどれくらいパソコンを預けなきゃならないか、わからないでしょう？」

「そうだな……」

「今のパソコン、ＯＳも一世代前のやつだし、新しいの買ってくれたら、すごく助かるな、なんて……」

　何のことはない。おねだりか。

　だが、娘に何かをねだられたなど、いつ以来のことだろう。

　樋口は、苦笑しつつ言った。

「警察にパソコンを持っていかれると、何かと不便なんだな？」

「不便どころじゃないわよ。大学のレポートを書くために調べ物もしなけりゃならないし……。ないと本当に困るのよ」

　樋口たちが学生の時代には、調べ物は図書館でやった。今はインターネットの時代なのだろう。

　警察の捜査を利用して、うまいこと新しいパソコンを手に入れようという魂胆は、あまり感心できない。

　だが、樋口は娘から要求されたことがうれしかった。

「わかった。その交渉に応じよう」

「やったあ。ありがとう」

「好きな機種を選んでおきなさい」

「わかった。じゃあね」

樋口は電話を切ると、すぐに氏家にかけた。

「どうした？」

「いろいろと手間を掛けたが、結局、娘は無条件でパソコンを提出すると言っている」

「立ち会わなくていいのか？」

「警察に協力することが市民の義務だと、理解してくれたようだ」

「さすがは、照美ちゃんだな」

何が「さすが」なのか、よくわからなかった。

「その代わりに、新しいパソコンを買わされることになった」

「そりゃ、災難だったな。だけど、生安部のせいにしないでくれよ」

「そんなつもりはない。実はな、娘におねだりされて、ちょっといい気分だったんだ」

「そうなんだろうな。俺には子供がいないからわからないが、気に入っているキャバクラのホステスにおねだりされると、まんざらじゃない気分になるのと同じかな」

「どうかな……」

「パソコンの件は、俺から伊勢原に伝えておく」

「そうしてくれると助かる」

「捜査本部のほうは、どうなんだ？」

「一度振り出しに戻った感があったが、どうやら突破口が見つかりそうだ」

「そうか」

「照美の件では、いろいろと世話になった」

「よせよ。水くさい。事案が片づいたら、酒でもおごってくれ」

「了解だ」

電話が切れた。


席に戻ると、何やら慌ただしい雰囲気だった。

樋口は、天童に尋ねた。

「何かありましたか？」

「石田真奈美が姿をくらましたようだ」

樋口は、驚いて聞き返した。

「姿をくらました？　どういうことです？」

その質問にこたえたのは、天童ではなく小森だった。

「張り込みをしていた捜査員から連絡があった。朝になっても出勤しないので、不審に思って美容院と連絡を取った。美容院が休みかもしれないと思ったんだ。だが、休みでもなければ、石田真奈美から欠勤の連絡もないという」

「それで……？」

「こちらに指示を仰いできた」

小森に続いて、天童が言った。

「俺は、自宅を訪ねるように指示した。そうしたら、自宅には誰もいなかったということだ」

「誰もいなかった……？」

樋口は訊いた。「昨夜から張り込んでいたんでしょう？」

天童がこたえる。

「捜査員たちが、張り込みの任務についたのが午前一時頃だ。その時点で、石田真奈美の自宅は消灯していた。捜査員たちは、彼女が就寝しているものと思い、そのまま自宅の張り込みを続けた」

「じゃあ、その時点ですでに石田真奈美は自宅にいなかったということですね？」

「そういうことだと思う。今、張り込み班に、地取り班を加えて、彼女の行方を追っている」

小森が言った。

「たまたまどこかに外泊しているのかもしれない。でなければ、あんたや小泉さんが言うように、彼女が怪しいということになる。尻に火がついて、逃げ出したということだ」

樋口は、小森に言った。

「俺が彼女に会いに行ったことが、藪蛇《やぶへび》になったのだろうか……」

「妙なことを気にしなさんな。いずれは話を聞きに行かなけりゃならなかったんだ」

天童が言った。

「さらに担当の捜査員を増員して、石田真奈美の行方を追う。ヒグっちゃんは、鑑取りを指揮して、石田真奈美の周辺を徹底的に洗うんだ」

樋口はこたえた。

「了解しました」

小森が言った。

「俺も現場に出る。鑑取り班と合流するよ」

「あんたがここにいてくれると、何かと助かるんだがな……」

小森が、にっと笑った。

「俺はデスクっていうタマじゃないよ。それに人手が足りないんだ。俺は現場に出たほうがいい」

天童が小森に言った。

「そうしてくれ。ヒグっちゃんと、マメに連絡を取り合うんだ」

「了解です」

小森は、鑑取り班と合流するために、所轄の捜査員と連絡を取り、出かける準備を始めた。

田端課長が天童を呼んだ。

「ヒグっちゃんと、小泉刑事指導官も来てくれ」

三人は、席を立ち、即座に課長のところに行った。

「石田真奈美の居場所は？」

天童がこたえる。

「まだわかりません」

田端課長が樋口を見て言った。

「彼女が、ホシだと思うかい？」

「そうですね……」

樋口は、どうこたえるべきか、しばらく考えなければならなかった。「現場の状況から考えると、彼女が犯人である可能性はかなり高いと思います」

「彼女なら、被害者の部屋の奥まで入ることができた……。そういうことだな？」

「そうです」

田端課長は、小泉に尋ねた。

「あなたも同じ考えですか？」

「少なくとも、彼女には犯行が可能だったと思いますし、もし、彼女が犯人だったとしたら、現場があのような状況になったのも理解できると思います」

「あのような状況というのは、具体的にはどういうことですか？」

「部屋の中に、激しく争った様子がありませんでした。そして、犯行の場所は部屋の奥です。これは、気を許した相手に突然襲われたことを物語っているのではないでしょうか」

田端課長が樋口に訊いた。

「今の意見、どう思う？」

「同感です。私も、現場を見たときに最初に感じたのは、顔見知りの犯行、ということでした。さらに、小泉刑事指導官に現場を見ていただきました。女性の眼で現場を見ていただいた意味が大きいと思います」

「あとは、動機か……」

課長がつぶやくと、天童が言った。

「樫田、柳本、楢崎の三人の周辺を洗い直している捜査員を、石田真奈美のほうに回しますか？」

「さて……」

田端課長が考え込んだ。「行方をくらましたことで、石田真奈美の容疑が濃くなったのは事実だが……」

樋口には、課長の懸念がよく理解できた。

「まだ、その三人の周辺から何か出てくることは充分に考えられます。現状を維持したほうがいいと思いますが……」

田端課長は、樋口を見てうなずいた。

「ヒグっちゃんの言うとおりだ。あらゆる可能性を考えて捜査しなければならない。ただし、石田真奈美の捜査に人手が必要なら、三人の周辺の捜査から一部を回すことにする」

天童がうなずいた。

「了解しました」

22

席に戻ると、天童が言った。

「監視カメラの解析が必要だな。ＳＳＢＣに依頼しよう」

ＳＳＢＣは、警視庁捜査支援分析センターの略称だ。

その名のとおり、捜査を支援する情報の集積と分析を行う。監視カメラの解析については、多くの実績を持つ。

樋口はこたえた。

「了解しました。手配しておきます」

「いや、ＳＳＢＣのほうは俺がやっておく。ヒグっちゃんは、鑑取りのほうに専念してくれ」

「了解しました」

ＳＳＢＣが、石田真奈美の自宅付近や、最寄りの駅である三軒茶屋の監視カメラのデータを集め、解析することで、彼女の足取りをつかめる可能性はおおいにある。

問題は、彼女の身柄を確保した後だ。

もし、彼女が犯人だとしても、動機が不明のままでは、追及のしようがない。南田麻里と知り合った経緯について、本人の証言と、『ターコイズ』のママや常連客の証言が食い違ったとしても、それが犯罪を立証することにはならない。

引っ越しや職場を替えたことについても同様のことが言える。それが直接彼女の犯行を裏付けることにはならないのだ。

天童のもとに、鑑識からの報告が来た。

天童が書類を読み、樋口と小泉に伝えた。

「被害者の首に残っていた痕跡から、犯人の手の大きさが、ほぼ判明した。手首の親指側から中指の先までの長さが約十八センチと想定されるそうだ。これは、身長が百六十五センチ前後である可能性が高いということだ」

「身長が百六十五センチ……」

小泉が尋ねた。

「手の大きさから、女性か男性かは判断できないんですか？」

天童がかぶりを振った。

「鑑識によると、男女の違いで手の大きさの差はないそうだ。性別の違いでなく、身長による違いがあるだけなんだ」

樋口は言った。

「石田真奈美がちょうと百六十五センチくらいですね」

小泉がうなずく。

「たしかに、そうでした」

天童が言った。

「身柄確保すれば、正確な身長もわかる」

樋口はこたえた。

「そうですね」

身柄確保して、さらに送検・起訴のためには、彼女の犯行を裏付ける物証なり証言なりが必要だ。

特に、動機を明らかにすることは重要なのだ。

樋口は、鑑取り班にいる小森に電話をした。

「今、どこにいる？」

「石田真奈美が以前勤めていた原宿の美容院だ」

「彼女が、美容院を移った理由は？」

「本人は、はっきりした理由を話さなかったようだな」

「店でトラブルがあったとかいうことではないんだな？」

「そういう事実はないようだ。突然、辞めると言い出して、その一ヵ月後に辞めたそうだ」

「本人から辞めると言い出したんだな？」

「ああ、何人かが同じように証言しているので、間違いないと思う」

「だとしたら、やはり小泉さんが言っていたことが気になるな……」

「どうして原宿の店から、三軒茶屋の店に移ったかということだな？」

「ああ。原宿は美容院の激戦区だろうから、疲れてしまって、もっと楽に仕事をしたいと考えたのかもしれないが」

「それについては、ちょっと面白い情報がある」

「何だ？」

「石田真奈美が引っ越しをしたのは、男絡みだったかもしれないと、仲のよかった同僚が言っていた」

　小森がその同僚の女性の氏名と年齢を言ったので、樋口はメモした。

「男絡みだって？　どういうことだ？」

「どうやら石田真奈美は、不倫をしていたらしい」

「相手は、店の従業員なのか？」

「いや、そうではないらしい」

「じゃあ、店を移った理由にはならない」

「それをこれから調べようとしていたところだ」

「不倫をしていたというのは、確かなことなのか？」

「相手には、妻子がいたということだ」

「その男性の目星は？」

「まだほとんどわかっていない。そっちはどうだ？　何か進展は？」

「ＳＳＢＣに、防犯ビデオの解析を依頼する。それから、鑑識から報告があった。犯人の手の大きさから、だいたいの身長が割り出された。百六十五センチ前後だということだ」

「女性か男性かはわからないのか？」

「手の大きさに、男女差はほとんどないらしい」

「そうか……。百六十五センチというと、男性としては小柄だが、女性なら平均よりやや高めというところか……」

「石田真奈美が、ちょうどそれくらいだったと思う」

「所在に関する、何か手がかりは？」

「まだない。ＳＳＢＣが何か見つけてくれるといいんだが……」

「こっちは、不倫の線を追っかけてみるよ」

「了解だ」

電話が切れた。

樋口は、今の話を天童と小泉に伝えた。

「不倫か……」

天童が言った。「原宿の店の従業員ではないのだな？」

「ええ、それは間違いないらしいです」

「だとしたら、不倫は店を辞める理由にはならないな……」

「そうですね。自分も小森に同じことを言いました。小森は、その線を追ってみると言っていました」

「店の従業員と、道ならぬ仲になって、それで葛藤があり、店を辞める……。不倫絡みだとしたら、たいていはそういう筋書きだろう」

「まあ、店にいづらくなって辞めるというのが、普通ですね」

小泉が言った。

せん」

「店を替わるせいで引っ越したのではなく、引っ越すために店を替わったのかもしれま

天童が怪訝な顔で小泉を見た。

「どういうことだね？」

「彼女は、何らかの理由で、今の住所に引っ越す必要があり、そのために近くで職場を探した、ということも考えられるのではないですか？」

天童は、怪訝な顔のまま、さらに尋ねる。

「それと、不倫がどうつながるんだ？」

「わかりません。しかし、石田真奈美が、職場よりも引っ越しを優先して考えていたと仮定すると、南田麻里が引っ越した時期と一致することや、『ターコイズ』で石田真奈美のほうから南田麻里に声をかけたことの説明がつくかもしれません」

樋口が言った。

「つまり、石田真奈美は、南田麻里と親しくなるために引っ越しをして、『ターコイズ』の常連になったということですか？」

「はい。小森さんが、こう言ったのを覚えてますか？『俺には、南田麻里を追ってきたように思えるんだがな』と……」

「だとしたら、きわめて計画的な犯行だった可能性がありますね」

「もし、そうだったとしたら、怨みや憎しみの深さも相当なものだったと想像できます」

天童が言った。

「そうだな。引っ越しをして、職場を替わってまで、南田麻里と接触しようとしたということだからな……」

樋口が言う。

「たしかに、石田真奈美に会ったときに、憎しみや怒りを、彼女の態度から感じました。その理由をつきとめなければなりません」

「それと、彼女の居場所だ。よし、ストーカーや痴漢騒ぎを担当している捜査員から、石田真奈美の捜査に人員を回そう」

「了解しました」

樋口は、すでに書き込みでいっぱいになっている捜査員の担当表を睨んで、人員のやりくりを検討した。

樫田、柳本、楢崎を担当している班からそれぞれ一名ずつ計三名を石田真奈美の担当に回した。

ストーカーや痴漢騒ぎを洗っている三つの班の連中は、ぶうぶう言うかもしれないが、石田真奈美の鑑が濃くなってきたことは明らかだ。人員の融通は、当然の措置だ。鑑は濃いのだが、確証が何もない。

さらに、動機が不明だ。

これでは、石田真奈美の容疑を確定することができず、指名手配もできない。マスコミに名前を流すわけにはいかないからだ。

一歩前進しては、そこで立ち往生。

そんな感じだった。

食欲はまったくなかったが、天童と交替で昼食をとることにした。小泉と二人で、太子堂四丁目の交差点の近くにあるトンカツ屋に入り、二人ともヒレカツ定食を注文した。

食事ほど気分が反映するものはない。寝不足で、疲労が溜まっており、なおかつ捜査が停滞気味だ。うまいはずのヒレカツが、妙に味気なく感じられた。

刑事は皆、早食いになる。樋口が食事を終えたとき、小泉はまだ半分も食べていなかった。

しまったと樋口は思った。いっしょにいるのが女性のときくらい、少しは気を使えばよかった。

気まずさを誤魔化すために、樋口は言った。

「ずいぶん長いこと、娘と話をしていなかったんですよ」

小泉は、食事を続けながら、虚を衝かれたような顔で樋口を見た。樋口は、続けて言った。

「刑事の仕事は不規則だし、こうして捜査本部ができると何日も帰れない。娘は大学生で、最近部屋に閉じこもりがちだったんです。あることがきっかけで、話をしたんですが、どういったらいいか、普段からもっと話をしておくべきだと思いました」

「きっと娘さんも、そう感じていらっしゃると思います」

本気でそう思っていないとしても、その言葉はうれしかった。

捜査本部に戻ると、樋口は、小泉に尋ねた。

「石田真奈美が不倫をしていたことと、南田麻里と、何か関係があると思いますか？」

小泉はまた、きょとんとした顔になって言った。

「そんなこと、私にはわかりません」

「女性としての意見をうかがいたいのです」

「男の人は、女性と話をするとき、女性としての一般論を求めようとしますが、実はそんなものは存在しないんです。女性だって、一人ひとり皆違う人生を送り、違う考え方をしているのです」

「たしかにそのとおりですが、犯行現場を見たときのように、女性だからこそ感じるものがあるはずです」

「女性でなくても、いくつかのことは考えられると思います」

「例えば……？」

「そうですね……。不倫をしていて、怒りを覚えたり、怨みに思ったりする第一の要因として、嫉妬が考えられます」

「石田真奈美が、南田麻里に嫉妬をしていたと……？」

小泉は、かぶりを振った。

「あくまでも一般的な話をしたまでです。石田真奈美のケースに当てはまるかどうかはわかりません」

「当てはまるかもしれません」

「その場合、石田真奈美の不倫の相手を、南田麻里が奪ったとか、あるいは、その男性が二股をかけていたというようなことが考えられますね」

「二股をかけると、怨まれるのは相手の男なのではないですか？」

「そういう場合、多くの女性は相手の男性を憎むのではなく、女性のほうを憎むものなのです」

「なるほど、そういう話を聞いたことがありますね……」

「それは日本に顕著な現象で、アメリカなどでは、その傾向が弱まります。女性が男性に依存している度合いが高いほど、その傾向が高まるのです」

「石田真奈美は、一人暮らしだし、美容師という立派な仕事を持っています。男性に対する依存度が高いとは思えませんね」

小泉は再び、首を横に振った。

「こういう場合の依存度は、経済的な自立の度合いと必ずしも一致しません。精神的な要因が大きいのです」

樋口は、しばらく考えてから言った。

「嫉妬以外に、石田真奈美が南田麻里に激しい怒りや憎しみを抱く理由は、何か考えられますか？」

「私にはわかりません。まだ、それについての情報が、あまりに少なすぎます」

小泉が言うことは、もっともだと思った。殺人の捜査に関して、樋口にわからないことが、彼女にわかるはずがない。

午後のけだるい時間帯がやってきた。なぜか、この時間帯は着電もまばらになる。樋口は、思わずうとうとしそうになった。

連絡係が、天童のもとにメモを持って走ってきた。捜査員から、何かの知らせが入ったようだ。

天童は、すぐに連絡係に言った。

「本人と電話がつながるか？」

「今、保留にしてあります。すぐにお出になれます」

天童は、目の前の受話器を取った。

相手の話に耳を傾けつつ、メモを取っている。電話を切ると、天童は樋口に言った。

「楢崎の周辺を洗っている班から、ちょっと気になる情報が入った」

「何です？」

「楢崎が不倫をしていたかもしれないというんだ」

「不倫ですか……」

「ああ、かつて楢崎が勤めていた大学の男性職員が言うには、楢崎には女房以外に付き合っていた女性がいたらしいということだ。その男性の台詞《せりふ》を正確に言うとこうだ。『妻子がいるのに、ちゃんと彼女がいるなんて、うらやましい限りだと思っていたが……。痴漢で捕まるなんて、やっぱりバチが当たったのかね』」

樋口は、不倫という言葉に反応していた。

彼は天童に言った。

「石田真奈美が引っ越したのは、不倫が原因だという情報がありました。そして、楢崎も不倫をしていたという……」

天童がこたえた。

「考えていることはわかる。俺も同じことを考えている。だが、楢崎の不倫相手が、石田真奈美かどうかはまだわからない」

「楢崎本人に確認できないんですか？」

「捜査員たちは、確認しようとしている。だが、例の弁護士が会わせてくれないらしい。楢崎は今、微妙な立場だから、女性のスキャンダルなど表沙汰にされたくないんだ。話を聞きたければ、令状を持ってこいと言っているらしい」

「殺人の捜査なんですよ。昭島弁護士のやっていることは、明らかな捜査妨害です」

「向こうには向こうの言い分があるんだ。どうしても、楢崎の無罪を勝ち取らなければならない。もちろん、殺人の捜査は重要だ。だが、そのために楢崎の人生を台無しにはできない」

「なんとか説得すべきです」

「もちろん、担当の捜査員もそう考えているはずだ。努力しているんだ」

「別の方面からも攻めるべきですね。その女性を目撃した者はいるんですか？」

「それも、担当の班が調べている。その女性を見たという者が見つかったら、石田真奈美の顔写真を確認してもらう」

小泉が言った。

「逆に、石田真奈美の周辺で、確認が取れる可能性もありますね」

樋口が言った。

「石田真奈美の不倫相手を知っている者を探して、楢崎の写真を見せるということですね？」

「そうです」

樋口は、天童に言った。

「すぐに、小森に知らせます」

天童がうなずいて言った。

「俺は、課長に話してくる」

樋口は小森に電話をして、今の話を伝えた。

話を聞き終えると、小森は言った。

「……なるほど、もし楢崎の不倫相手が、石田真奈美だったとしたら、彼女の容疑は、ほぼ固まるな」

「確認を取ることが必要だ」

「弁護士が楯《たて》になっているのは、やっかいだな……」

「だから、石田真奈美のほうからも攻めたい。彼女の不倫相手が、楢崎だったという証言が得られれば……」

「了解した。任せてくれ」

樋口が電話を切ったとき、小泉が声をかけてきた。

「あの……」

「何です？」

「石田真奈美を見つける手がかりがつかめたような気がするんですが……」

「彼女を見つける手がかり……？」

樋口は、思わず小泉を見つめていた。

23

「その手がかりというのは何です？」

樋口が尋ねると、小泉がこたえた。

「石田真奈美が、楢崎のアパートを訪ねる可能性は高いと思います」

たしかに小泉の言うとおりだ。

そして、もし実際にそうなったら、石田真奈美の容疑はほぼ固まったと見ていいだろう。

天童が課長のもとから戻ってきた。樋口は、天童に言った。

「石田真奈美が楢崎のアパートを訪ねる可能性が高いと、小泉さんが言っています」

天童が小泉の顔を見た。小泉は、天童に言った。

「あるいは、すでに彼のアパートにいるかもしれません」

「二人が付き合っていたとしたら、それは充分にあり得ることだな……」

「そして、もし、そういうことになったら、これまで不明だった動機が明らかになると思います」

樋口が言うと、天童が眉間にしわを刻んだ。

「動機が……？」

「犯行の動機は、被害者の南田麻里に対する激しい怒りです。その怒りの理由がこれまで不明でした。しかし、楢崎と付き合っていたのだとしたら、その怒りの理由は明らか

「です」

「なるほど……」

天童が言った。「楢崎は、痴漢の罪を着せられたことで、何もかも失ったということだった。家族や仕事だけでなく、付き合っていた相手も失うことになったということだな」

「はい。痴漢の嫌疑がかかったことで、楢崎と別れなくてはならなくなった。石田真奈美は、その原因を作った南田麻里に対して怒りを覚えていたことは充分に考えられます」

天童は、受話器に手を伸ばした。

「弁護士と交渉している捜査員たちを、楢崎のアパートに向かわせよう」

彼は電話で指示した後に、相手の話を聞き、大声を上げた。

「かまわんから急行しろ。被疑者を取り逃がしたら、おまえのせいだと言ってやれ」

受話器を勢いよく置いた。

樋口は天童に尋ねた。

「弁護士の昭島が、また何か言っているんですね？」

天童がうなずいた。

「また、控訴審待ちの被告に刑事を会わせることはできないと言っているようだ。自宅を訪ねるなら、令状を持ってこいと……」

「楢崎に容疑がかかっているわけではないので、判事は令状を発行しないでしょうね……」

「手がないことはない」

「どうするんです？」

「石田真奈美の容疑を固めて、逮捕令状を取るんだ。逮捕のためなら、楢崎の部屋に踏み込むこともできる。令状を執行するわけだから、強制捜査をしても違法にはならない」

「しかし、石田真奈美の容疑を固めるためには、楢崎と付き合っていたという証拠が必要です」

「そのためには、まず、楢崎に会うことが先決か……。ジレンマだな……」

「そう。ジレンマですね。自宅を訪ねていっても、弁護士が会わせてくれないでしょう」

そのとき、小泉が言った。

「もし、石田真奈美が楢崎の部屋にいるのだとしたら、早く保護したほうがいいと思います」

樋口は、すぐに小泉の意図を理解した。

「石田真奈美が、自殺を図る可能性があるということですね？」

「はい。彼女は、最大の目的を果たしました。もう、思い残すことはないと考えている可能性があります」

天童が言った。

「最悪の場合、楢崎と二人で心中を図ることも考えられるな……」

樋口は言った。

「二人を保護するための緊急措置ということなら、令状がなくても強制的に部屋を訪ねることはできますね」

天童が再び、受話器を取って言った。

「その線でいってみよう。捜査員に指示する」

天童が電話をかけている間、小泉が樋口にそっと言った。

「楢崎の痴漢容疑は、報道されていないのでしょうか？」

「私は記憶にありませんね。もし、報道されたとしても、氏名も写真も公表されなかったと思います。こうした事案が名前入り写真入りで報道されるのは、公務員か有名人に限られますから……」

「親しい友人なら、石田真奈美と付き合っている人の顔を見たことがあるかもしれません。もし、それが楢崎で、報道で写真が公開されていたら、気づく人もいたでしょう」

「知っている人がいたら、捜査員たちが聞き込みで見つけるはずです」

小泉が唇を咬んでうなずいた。

天童が電話を切って言った。

「捜査員には、緊急措置だと指示した。何としても、石田真奈美と楢崎を保護しろ、と……」

樋口と小泉はうなずいた。

樋口は、小森と連絡を取ってみることにした。

「何か、進展は？」

「ない」

小森はそっけない口調で言った。

「石田真奈美が誰と付き合っていたか、知っている友人知人はいないのか？」

「不倫をしていることを、勘づいていた友人は何人かいた。だが、なんせ不倫だからな……。石田真奈美は、相手のことを友人にも隠していたようだ」

「今、捜査員たちが楢崎の部屋を訪ねている。弁護士が何だかんだと邪魔をしてくるが、緊急措置ということで、強制的に訪ねることになりそうだ」

「楢崎の部屋……？　楢崎に不倫相手のことを吐かせようということか？」

「もしかしたら、石田真奈美が楢崎の部屋にいるんじゃないかと……」

「なるほど、あり得るな」

「小泉さんが言い出したことだ」

「俺たちは、石田真奈美の周辺をもう少し攻めてみる」

「頼む」

樋口が携帯電話を切ったとき、天童宛に電話が入った。楢崎のアパートに向かった捜査員からだという。

天童は電話を受けると、一言「わかった」と言った。難しい顔をしている。いい知らせではないようだ。

彼が電話を切るのを待って、樋口は尋ねた。

「どうしました？」

「楢崎の部屋に、石田真奈美はいなかった」

樋口と小泉は顔を見合った。

樋口は言った。

「そうですか……」

「だが、悪い知らせばかりじゃない。楢崎の話を聞けた。楢崎の不倫相手は、間違いなく石田真奈美だった」

「そうですか。すぐに小森に知らせてやらなければ……」

「それにな、石田真奈美は、小泉さんが言ったように、たしかに楢崎の部屋を訪ねてきたそうだ」

小泉が言った。

「それは、いつのことですか?」

「昨日のことらしい。午後八時頃から深夜十二時頃までいたということだから、捜査員が彼女の家の張り込みを始めた頃には、彼女は楢崎の部屋をすでに出ていたんだな……」

樋口は天童に尋ねた。

「それで、その後、彼女はどこに……」

「楢崎にも行く先を言わなかったそうだ」

樋口は小泉に言った。

「どう思いますか?」

「彼女の心境は変わっていないでしょう。早く保護したほうがいいと思います」

天童が言った。

「楢崎のアパートからの足取りを追わせよう。俺は、これまでの経緯を課長に報告してくる」

樋口は、小森に知らせることにした。

「どうした？」

小森が尋ねたので、樋口は、楢崎の部屋を訪ねた捜査員からの報告内容を告げた。

「そうか。やっぱり、石田真奈美の不倫相手は、楢崎だったか」

「天童さんが、楢崎のアパートからの石田真奈美の足取りを追うように、捜査員たちに指示した」

「わかった。こっちも交友関係から所在がつかめないか調べてみよう」

天童と課長は、真剣な表情で何事かやり取りしている。やがて、天童が席に戻ってきて言った。

「石田真奈美の容疑が固まったと判断して、逮捕令状を請求して、指名手配しようと課長が言っている」

樋口は考えた。

これまで充分、慎重に対処してきた。今は、思い切って動く時だ。

樋口は言った。

「問題ないと思います」

逮捕令状は、請求すればすぐに発行されるだろう。早ければ申請してから三十分、説明が必要なケースでも二、三時間で発行される。

問題は、指名手配だ。全国の警察に指名手配書を送付しなければならない。もちろん、そういう手配は、警視庁本部の刑事企画課などでやってくれる。

だが、手配書が行き渡るには時間がかかる。マスコミへの発表も、すぐにというわけにはいかない。

それまで捜査本部の捜査員たちは、自力で石田真奈美の行方を追わなければならない。

樋口は、ふと思い出して、天童に言った。

「SSBCは、どうなりましたか?」

「まだ、知らせはない」

「防犯ビデオの解析で、足取りがつかめるかもしれません」

実際、SSBCのビデオ解析は、次々と、目覚ましい成果を挙げている。顔認識ソフトや画面の中で動くものを自動的にチェックするソフトなどの発達で、解析能力が格段に進歩したのだ。

専門家も着実に育っている。

天童が言った。

「せっついてみるよ」

彼は、さっそく電話した様子だ。二言三言やり取りをして、受話器を置くと、樋口に言った。

「昨夜七時二十五分に、三軒茶屋の防犯カメラに映っていたそうだ。だが、その後の足取りはまだ追えていない。これから、三軒茶屋がある東急田園都市線や、それにつながっている路線の駅の防犯カメラを虱潰《しらみつぶ》しに当たると言っていた。だから、午後八時に千代田区一番町の近くにある楢崎のアパートを彼女が訪ねたことを教えてやったよ」

それによって、解析すべき駅の範囲が狭まるはずだった。とはいえ、それでも、気が遠くなるような作業に違いない。おそらく、捜査本部だけでは手に余っただろう。

SSBCがそうした解析を引き受けてくれるようになって、捜査は格段にやりやすくなった。

「時間がかかりますね」

樋口が言うと、天童がこたえた。

「防犯カメラの映像解析は、長期間潜伏している指名手配犯などには有効だが、急いで人を探す場合は、やはり人海戦術のほうが有効だな」

「手がかりがあれば、拠点が絞れるんですが……」

樋口は、苛立っていた。

小泉が考えているとおり、石田真奈美が自殺を図る恐れは、充分にある。

昨夜の十二時頃まで楢崎の部屋にいたという。二人は何を話していたのだろう。

楢崎は、石田真奈美が被疑者であることを知っているのだろうか。それは、彼自身の公判にどう影響するのだろう。

樋口は、そんなことを考えていた。


石田真奈美の行方がわからないまま、時間が過ぎた。

その後、小森からも知らせはない。

駅や空港にはすでに手配してある。だから、地方や海外に逃亡しようとすれば、捜査の網にひっかかるはずだ。

もしかしたら、すでに自殺してしまっているのではないか……。

樋口は、そんなことを考えた。

「日が暮れたのでやっかいだな……」

天童がつぶやいたそのとき、連絡係が告げた。

「ＳＳＢＣから連絡です」

天童は、すぐに電話を受けた。その報告内容を、すぐに課長に告げに行った。

彼は、席に戻ると樋口と小泉に告げた。

「映像解析の最新情報だ。石田真奈美が、再び三軒茶屋駅の防犯カメラに映っていた」

樋口は尋ねた。

「いつのことです？」

「午後五時五分頃。つまり、今から一時間ほど前のことだ。課長は、緊急の用事がない捜査員すべてを、三軒茶屋に集結させると言っている」

「わかりました。小森にも連絡しておきます」

樋口はすぐに小森の携帯電話にかけ、伝えた。

「三軒茶屋駅の防犯カメラに、石田真奈美が映っているのが確認された。午後五時五分頃のことだ」

「三軒茶屋から電車に乗ってどこかに出かけたのか、戻ってきたのかわからないのか？」

「彼女は、昨夜の午後八時から夜中の十二時頃まで、楢崎の部屋にいた。それからどこにいたかは確認されていないが、彼女の部屋を張り込んでいた捜査員たちは、その姿を見ていない。だから、防犯カメラに映ったときに三軒茶屋に戻ってきた公算が大きい」

「つまり、今は三軒茶屋駅付近にいる可能性が高いということだな？」

「今、捜査員を三軒茶屋一帯に集中させている。あんたたちも向かってくれ」

「了解した」

樋口は電話を切った。

天童が言った。

「捜査員だけでなく、地域課や交通課の力を借りるために、緊急配備を敷くことにした。今、課長が通信指令センターの管理官に電話をしている」

網は張り巡らされた。世田谷署の署員たちが所定の配備につくのに十分とかからないだろう。

小泉が言った。

「じっとしていられない気持ちです。私も何かすべきではありませんか？」

樋口も同じ気持ちだった。だが、樋口や小泉が捜査に加わったとしてもできることは限られている。

それよりも、天童とともに情報の整理に徹するべきだ。樋口は、小泉に言った。

「ここで知らせを待ちましょう」

「そうしてくれたほうが、私も助かる」

天童が小泉にそう言ったとき、連絡係が受話器を片手に戸惑ったような表情で、天童に告げた。

「今、受付に、石田真奈美と名乗る女性が来ているというのですが……」

天童は、すぐさま樋口に言った。

「確認に行ってくれ」

「了解しました」

樋口が席を立つと、小泉も立ち上がった。

エレベーターを使って一階の受付に急いだ。エレベーターの中には樋口と小泉の二人しかいない。

小泉が樋口に言った。

「本人でしょうか？」

「とにかく、行ってみましょう」

「もし、本人なら、自首してきたということでしょうか？」

「法的な自首の定義については、あなたもご存じのはずです」

「ええ……。まだ事件が発覚するまえに犯人が名乗り出ることを自首といいます」

「ですから、すでに捜査が始まっていますので、この場合、自首とはいいません」

「はい……」

樋口は、小泉の気持ちが理解できた。彼女は石田真奈美にいくらか感情移入しているのだ。

実は、樋口もそうだった。たしかに殺人は許されない犯罪だ。だが、石田真奈美が被害者の南田麻里を憎んだ気持ちは理解できる。

「ですが、たしかに自ら警察に出頭すれば、検察や判事の心証はよくなります」

エレベーターが一階に着き、樋口と小泉は小走りに受付に向かった。

受付カウンターの前に立っている女性の姿が見えた。

その女性がゆっくりと樋口たちのほうを向いた。間違いなく石田真奈美だ。

24

石田真奈美の身柄確保の知らせを受けて、三軒茶屋に集結していた捜査員たちが、続々と捜査本部に戻ってきた。

　講堂内がにわかに賑《にぎ》やかになる。

「自首してきたって？」

「自首じゃない。出頭だ」

　捜査員同士のそんな会話が聞こえてきた。

　課長と何事か相談していた天童が、席に戻ってきて樋口に言った。

「ヒグっちゃんと小泉さんで話を聞いてくれと、課長が言っている」

　小泉が驚いた表情で言った。

「私が取り調べに参加するんですか？」

　天童がこたえた。

「あなたは、さまざまな局面で役に立ってくれたからね」

「私は参考意見を述べたに過ぎません」

「それがよかったんだ。捜査方法に口出しされたら、俺たちは反発していただろうね」

　樋口は小泉に言った。

「女性ならではのあなたの見解は、実際におおいに参考になりました。取り調べでも、私はそれを期待したいと思います」

「女性ならでは、という言い方に反感を覚える女性警察官もいるはずです」

小泉は、そこまで言ってかすかにほほえんだ。「でも、私は気にしません。むしろ誇りに思います」

樋口はうなずいた。二人は、取調室に向かった。

石田真奈美は、疲れ果てているように見えた。美容師らしく、髪はきれいにカットされている。

服装も年齢相応に、華やかだ。しかし、肌の色はくすみ、目の下にくまができている。おそらく、寝ていないのだろうと、樋口は思った。

彼女は、取調室の奥に座っている。机を挟んで向かい側に、樋口と小泉が並んで座っていた。

樋口の左側に小泉がいる。記録席に制服を着た女性警察官がいた。

石田真奈美は、うつむいていた。

樋口はまず、逮捕状を執行した。それから、取り調べのときに誰もがするように、氏名、年齢、住所、職業を確認した。

石田真奈美、二十八歳。美容師で、住所は世田谷区三軒茶屋一丁目……。

女性警察官がキーを叩く音が聞こえる。ノートパソコンに、打ち込んでいるのだ。
ここで、石田真奈美が自ら罪を認める前に、これまでに判明している事実を並べ立て
て、自白を求める手もある。
そうすれば、こちらの追及を認めたという形になり、検察は厳しい処分を考えること
になるだろう。
実際にそういうやり方をする刑事は多い。犯罪者を裁くのに容赦はいらないという考
えなのだ。
だが、樋口は今回、そういう尋問をしたくなかった。
「あなたは、自ら警察署を訪ねてこられた。何か話したいことがあったからですね」
石田真奈美は、下を向いたまま何も言わない。
樋口は、彼女が話しだすのを待つことにした。おそらく、彼女はどこから話していい
のか考えているだけだと思ったのだ。
やがて、長い吐息が聞こえた。石田真奈美が洩らしたのだ。
彼女が顔を上げて、樋口を見た。
「私がやりました」
女性警察官がキーを打つ音が、続いていた。

樋口は言った。

「何をやったのですか？」

「私が、麻里さんを殺しました」

「麻里さんというのは、南田麻里さんのことですね？」

「そうです」

「どうやって殺害したのですか？」

「首を絞めて殺しました」

「順を追って話してください」

「私は、あの夜、麻里さんの自宅を訪ねました」

「世田谷区三宿にあるマンションの南田麻里さんの部屋ですね？」

「はい。その日は、彼女と部屋で飲む約束をしていたのです。私は、約束通り彼女を訪ねていってお酒を飲みはじめました。話をしているうちに喧嘩になり、揉《も》み合っていて、気づいたら彼女の首を絞めていました。彼女がぐったりしたので……」

「揉み合って気づいたら首を絞めていた……。それは、殺す気はなく、はずみで殺してしまったということですか？」

石田真奈美の眼差しに力が込められた。

「いいえ、私は彼女を殺す気でした」

「よく考えてください。殺すつもりがなくて、はずみで彼女を死なせてしまったのと、殺すつもりがあったのとでは、大きな違いなのです」

彼女は繰り返した。

「私は、麻里さんを殺す気でした」

殺意を認めなければ、国選弁護士がその点を取り上げて、殺人罪ではなく傷害致死であると訴えることになったかもしれない。

彼女は、おそらくそれを承知の上で、殺意を認めたのだ。

記録係の打鍵の音が一瞬止まった。

普通の刑事は、こんなことを被疑者に確認はしない。殺意を認めさせようとするのが普通だ。

だから、記録係は戸惑ったのだろう。

樋口は記録係のほうを見なかった。ほどなく、再びキーを打つ音が聞こえてきた。

樋口は質問を続けることにした。

「では、なぜ南田麻里さんを殺そうと思ったのですか？」

「あいつが、私から大切なものを奪ったからです」

石田真奈美の眼光がますます強くなる。怒りのせいだった。

「大切なものというのは、何ですか？」

「私がある人と苦労して築き上げた関係。そして、その人との幸福な生活です」

「大切な人というのは、誰のことですか？」

石田真奈美は、口をつぐんだ。怒りを含んだ眼差しで樋口をじっと見ている。

樋口に対して怒りを感じているわけではない。南田麻里に対する怒りが心の中に渦巻いているのだ。

小泉が石田真奈美に言った。

「私たちは、事情を知っていますが、できればあなたの口から聞きたいのです」

石田真奈美は、ちらりと小泉を見てから、樋口に視線を戻し、言った。

「楢崎公平さんです」

樋口は、うなずいてから言った。

「楢崎公平さんとお付き合いをしていたのですね？」

「はい」

「彼には妻子がいたはずですね？」

「刑事さんが言いたいことはわかります。そう。私たちの関係は不倫です。でも、そんな安易な言い方で片づけてほしくありません。私と彼とは互いに必要なものを補い合うような関係でした」

　小泉が尋ねた。

「楢崎さんに離婚してほしいと思ったことはないのですか？」

　石田真奈美はきっぱりと言った。

「いいえ。そんなことを望んだことはありません。彼と結婚することが目的だったわけではありません」

「結婚すればそれで幸せ、というのを信じていなかったということですね？」

　話が横道にそれそうになっている。だが、ここは小泉に任せたほうがいいと、樋口は判断した。

　石田真奈美がこたえた。

「私は結婚にこだわってはいませんでした。そのことについては楢崎さんと何度も話し合いました」

「でも、そういうお付き合いは、社会的には認められないものです」

「だから、私は彼といる時間以外の何も求めてはいなかったのです」

「でも、それでは楢崎さんは、奥さんや子供を裏切っていることになります」

「あなたは、これまで誰も裏切らずに生きてきたのですか？」

小泉はこたえなかった。

もういい、と樋口は思った。石田真奈美と楢崎の関係を知るには充分な供述を得られた。

樋口は言った。

「あなたと楢崎さんの幸せな関係を、南田麻里に壊されてしまった。それで彼女を怨んで殺害したということですか？」

「あいつが、楢崎さんを訴えたこと自体を怨んでいたわけではありません。何かの間違いで訴えたということもあり得る。そう思ったのです。しかし、彼女がどんな女なのかを知るうちに、だんだん怒りが募っていきました」

「南田麻里さんが、三宿に引っ越してきたのと、あなたが三軒茶屋に引っ越してきたのは、ほぼ同じ時期でした。これは偶然ではありませんね？」

「はい。彼女が引っ越したのを機に、彼女と知り合いになろうと思いました」

「それは、彼女を殺害するためですか？」

「そうではありません。彼女とじっくりと話をするためです」

「何のために話をしようと思ったのですか？」

「彼女をちゃんと理解できれば、私自身の気持ちに整理がつけられると思ったのです。しかし、それが裏目に出ました」

「裏目に出た？」

「会って話を聞くたびに、彼女への怒りと憎しみが募っていったのです。彼女は、自分が痴漢やストーカーにあうことを、まるで自慢するような言い方をしていたのです。そして、痴漢やストーカーは、とことん痛い目にあわせてやればいいんだと、笑いながら言ったのです」

　彼女の怒りがひしひしと伝わってきた。

「事件当日のことを話してください。あなたは、南田麻里さんを殺すつもりだったと供述しました。殺すつもりで部屋を訪ねたということですか？」

「そうではありません。あの日も、話をするつもりでした。彼女は、私と楢崎の関係を知りませんでした。私は、そのことも話すつもりでした。それで、裁判のことや、痴漢で訴えたことを話題にしたのです。彼女は言いました。痴漢されたかも、と……。彼が電車で彼女のすぐ近くにいたのは事実です。でも、痴漢したという事実はないんです。彼女は、私にはっきり言ったのです。痴漢されたかも、と……」

　石田真奈美は、南田麻里の言葉を繰り返した。

「そんな不確かなことで、榴崎さんは家族も仕事も奪われたのです。そして、私たちの関係も奪われました。私は、あまりの怒りに自分をおさえることができませんでした」

「南田麻里さんの部屋を出た後、あなたは自分の部屋に戻ったのですね？」

「はい」

「昨夜、榴崎さんの部屋に行きましたね？」

「行きました」

「それはなぜです？」

「お別れを言いに行ったのです。会うのは最後だと思いました」

「お別れ……？」

「私は、死のうと思っていたのです。榴崎さんの部屋を出てからすぐに、電車に飛び込もうと思っていました。でも、できませんでした。自殺なんてすると、南田麻里に負けたことになる。そう思うようになりました。考えた末に、警察へ行こうと決心したのです」

樋口はうなずいてから、小泉を見た。何か訊くことはあるかという意味だ。

小泉が言った。

「私たちが、美容院を訪ねたときに、どうして本当のことを話してくれなかったのですか？」

　石田真奈美は、しばらく考えてからこたえた。

「わかりません。きっと、あのときは自分でもどうしていいかわからなかったのだと思います」

「南田麻里さんを殺害して、後悔していますか？」

　石田真奈美は、強い眼差しのまま言った。

「いいえ、後悔していません」


　樋口は、女性警察官に言った。

「供述の記録をくれ。私が調書を書く」

「了解しました」

　取調室を出ると、樋口は課長と天童に石田真奈美の供述の内容を説明した。

　樋口の後ろに捜査員が集まりそれを聞いていた。その中に、小泉と小森もいた。

「わかった。ごくろうだった」

　説明を聞き終わると、田端課長が言った。「あとは、所定の措置をとってくれ」

　天童がこたえた。

「任せてください」

「では、私は引きあげる。茶碗酒に付き合えなくてすまんな」

樋口も酒を飲む気分ではなかった。だが、みんなに付き合わないわけにはいかない。

天童が小泉に言った。

「刑事指導官も飲んでください。これは御神酒《おみき》なんです」

「いただきます」

樋口は、立ったまままちびちびと酒を飲んでいた。

小泉が隣にやってきて、しばらく黙って飲んでいた。

樋口は、何を言っていいかわからず、やはり黙っていた。

やがて、小泉が言った。

「浮かない顔ですね」

「そんなことはありません。被疑者が確保できて、自白も取れたんですから……」

「きっと、樋口さんは、石田真奈美に同情されているのでしょう」

樋口は、考えてからこたえた。

「どうでしょうね……」

「短い間でしたけど、樋口さんといっしょに仕事をしてみて、どういう方かわかったような気がします」

「そうですか？」

「刑事としては珍しいタイプだと思います」

「私は自分のことを標準的な警察官だと思っていますが……」

「それは、本音ではないでしょう」

「そうなのかもしれません」

「あなたは正直だから、あなたと話す人もつい正直になってしまう……。それが、あなたの強みかもしれません」

「そんなことを言われたのは初めてですね」

「石田真奈美を送検・起訴するのが不本意なのですね？」

「すっきりしないのですよ。状況を考えると、彼女の辛さもわかります」

「安心してください」

「え……？」

「石田真奈美は、間違いなく、南田麻里のことが嫌いだったのです。彼女に会うたびに嫌いになり、憎しみが募り、殺意を抱くようになったのです。彼女は罰せられなければなりません」

樋口は、手にした茶碗をじっと見つめていた。やがて彼は言った。

「そうですね」

そこに小森がやってきた。

「樋口さん。また、あんたと仕事ができてよかった」

「こちらこそ」

小森は、さらに小泉に言った。

「そして、刑事指導官。あなたを見直しました。最初は、世間知らずの女キャリアだと思っていたんですが、それは俺の間違いでした」

「いえ、私は世間知らずの女キャリアです。皆さんのおかげで、ずいぶんと勉強になりました」

小森が樋口に言った。

「また、近いうちに会えるといいな」

「ああ」

樋口はこたえた。「きっとそうなるだろう」

茶碗酒で乾杯をした後も、刑事たちの仕事は続く。送検のための膨大な書類を作成しなければならない。

天童の指揮のもと、その作業が終了したのは、深夜近くだった。

樋口は、仮眠所で眠り、夜が明けて、アルコールがすっかり抜けてから、車で自宅に戻った。

くたくたに疲れ果てていて、帰宅するとすぐにベッドに入った。翌日は、樋口の係は公休扱いになっている。

目が覚めたのは、九時過ぎだった。こんな時間まで寝ていたのは珍しい。いつもは六時には起床している。

リビングルームに行くと、照美がいた。

「学校はどうした？」

「私、土曜日は授業を取ってないの」

「今日は土曜日だったか……」

いつもは、自分の部屋に閉じこもっているくせに、今日はどうしたのだろう。

そんなことを思っていると、照美が言った。

「約束、覚えてるよね」

「約束……？」

「パソコンのことよ」

「ああ、そうだったな。もう、生安部はおまえのパソコンを持っていったのか？」

「昨日、持っていった。お父さんと電話で話をした後、一時間くらいしたら、刑事さんが来て……」

「そうか」

「パソコンがないと、不便でしょうがないのよね」

「新しいパソコンを買ったからって、すぐには使えないだろう」

「だいじょうぶ。データとかはすべてバックアップを取ってあるから……」

つまり、すぐに買ってくれということだ。

「じゃあ、今日さっそく買いに行けばいい」

台所から、妻の恵子がリビングルームにやってきて言った。

「この子は、そう言ってくれるのを待っていたのよ」

「それで、リビングルームにいたのか」

「本当に買ってくれるのね？」

「ああ。機種が決まっているのなら値段はだいたいわかるだろう。お金を渡す。ただし、今、現金は持っていないから金を下ろしてこなけりゃならない」

「クレジットカードにすれば？」

「何を言ってるんだ。家族とはいえ、クレジットカードを貸すわけにはいかない」

「だから、いっしょに来てって言ってるのよ」

樋口は驚いた。娘がいっしょに買い物に行こうなどと言い出すとは、思ってもいなかった。

樋口は戸惑いながら言った。

「それは、もちろんかまわないが……」

恵子が言った。

「二人で行かせるわけにはいかないわね。無駄遣いをしないかどうか、ちゃんと監視しなくっちゃ」

休日に、家族で買い物に出かける。

それがものすごく特別なことに思えた。錯覚でも何でもない。樋口の日常は、家族と過ごすことではなく、犯罪者を追うことなのだ。

間違いなく、休日に家族全員で何かをするというのは、特別なことなのだ。

照美が言った。

「秋葉原でいい？」

恵子が言う。

「じゃあ、お昼ご飯は、万世《まんせい》ね。それとも、神田の鮨屋《すしや》がいいかしら」

今日は何でも食べさせてやろう。

樋口は、そんな気分になっていた。


石田真奈美の事案からずいぶん経った頃、突然、小泉から電話があった。

「ご無沙汰してます、刑事指導官」

「しばらく会わないと、堅苦しい呼び方になるんですね」

「そういう性格なもので……」

「今日、ある痴漢容疑の控訴審判決が出ました。無罪でした」

「楢崎公平ですね?」

「はい。それを、まずあなたに知らせたいと思いまして」

樋口はほほえんでいた。

「ありがとうございます」

「また、お会いできる日を楽しみにしています」

「いつか、あなたが私の上司になることがあるかもしれません」

「そのときはまた、いろいろと助けてくださいね」

「できる限りのことをさせていただきます」

電話が切れると、樋口は大きく一つ深呼吸をした。

自分は、警察官に向いていないかもしれない。だが、こうした人と人の関わりがあれば、これからも刑事を続けられる。

樋口は、そんなことを思っていた。

解説

関口苑生

現在、日本で警察小説の書き手といえば、まずその筆頭に名前が挙がるのは今野敏だろう。人気と実力はもちろんのこと、作品数の多さも群を抜き、警察小説の第一人者として誰もが認める存在である。

ざっと思い浮かぶだけでも《東京湾臨海署安積班》《警視庁捜査一課・碓氷弘一》《ST　警視庁科学特捜班》《隠蔽捜査》《横浜みなとみらい署暴対係》《TOKAGE　特殊遊撃捜査隊》《同期》《倉島警部補》《警視庁捜査三課・萩尾秀一》《マル暴》《渋谷署強行犯係》……等々あるが、これがいずれも現在続いているシリーズ作というのだから驚いてしまう。しかもそれぞれに異なる特徴を持ち、読む者を決して飽きさせない。作家なんだからそんな描き分けなど当たり前だろうと思われるかもしれないが、これだけ多彩な物語を、それも同時進行で生み出していくのはいくら何でも難しい。だが、今野敏は軽々とこなしているのだった（と見えるだけなのかもしれないが）。かつて、こんな具合に警察小説のシリーズを書いてきた作家なんて聞いたことがない。いや、おそらく誰ひとりとしていなかっただろう。

本書『廉恥』が四作目となる《警視庁強行犯係・樋口顕》シリーズもそのひとつだが、彼の数ある警察小説の中では比較的初期のものだ。第一作『リオ』が刊行されたのは一九九六年。それから『朱夏』（一九九八年）、『ビート』（二〇〇〇年）と順調に続き、ちょうど安積班の《東京ベイエリア分署》ものが種々の事情で中断したせいもあって、こちらが代表的なシリーズになるかもしれないとまで思ったくらいだった。ところが、そこでなぜか突然終わってしまったのだ。本書はそれから十四年経って復活した、待望の一作であった。

どうしてこれだけの期間中断していたのかについては、個人的に思うところはある。

本シリーズの特徴は、警察小説ということに加えて家族小説の側面も強いことだ。親子の関係はもちろんだが、その他の登場人物たちとの関係性もびっしりと密度濃く描かれている。その上でもっと広く大きく、大人と子供の関係についても言及する。無軌道で無法で無反省な少年少女たちが、なぜこんなにも蔓延《はびこ》ってきたのかというと、それはひとえに大人の責任だとするのである。

たとえば全共闘世代（概《おお》ね団塊の世代）の連中は、古いものをすべて破壊しようとしてきた。自分たちの意に沿わない意見は、すべてナンセンスの一言で切って捨て、事あるごとに自由や権利を主張したのだった。それは剝き出しのエゴ以外の何物でもない。そういう彼らは闘争が終わると、今度は抵抗の日々など忘れたように就職活動を始め、一流企業の社員となっていった。そんな彼らがやがて親となったとき、子供たちにどういう教育をほどこしたのか。少なくとも、彼らの意識に刷り込まれた傲慢な権利意識が健在だったのは間違いない。そしてまた、子供はそうした親を見て育つものだ。さらにはやがてその子供が親となったとき、今度はモンスターペアレントが誕生し、その子供もまた怪物となる……。

樋口は（同時に作者本人もだろうが）、これらの負の連鎖を真剣に憂えていくのだ。

第一作『リオ』での樋口は、一九五五年生まれの四十歳。同い年の妻と、十六歳で高校生の娘がいる設定となっていた（本書では樋口の年齢は書かれていないものの、娘の照美は大学三年生になっている）。ちなみに樋口がこんなにも全共闘世代のことを否定的に見てしまうのは、自分たちが常に彼らの残飯を食わされてきたという思いがあるからだ。学園闘争における暴力行動だけでなく、日常の生活までも破壊し尽くすだけ破壊しておきながら、ある瞬間から「デモは終わった、さあ就職だ」とばかり、しれっとした顔で大企業に潜り込んでいった連中の後始末を、すべて自分たちがやらされたという思いがあるからだ。俺たちはお前らの尻拭い役なんかじゃないんだぞ、という怒りの思いである。

樋口顕のシリーズは、そんな生の感情が作品上でダイレクトに反映された、今野敏にしては珍しい異色の物語なのだった。

そうした、あれやこれやの複雑な心情や怒り、葛藤、苦悩などを思うさま叩きつけたのが三作目の『ビート』であった。

のちに今野敏は、あちこちのインタビューでこの作品について述べている。曰《いわ》く、これは絶対の自信作だったというのだ。これで結果が出なかったら、作家を辞めてもいいとまで思っていたという。それほど根をつめ、真剣に取り組み、一字一句に集中し、丁寧に紡ぎあげた渾身の作品であった。

しかし結果は、本人の期待以上に売れてはくれなかった。世の中とは往々にしてそういうものである。ただし、売れはしなかったけれども『ビート』を書いた意味はとてつもなく大きかった。その小説が売れる売れないにかかわらず、一度思いっきり力を込めた作品を書いてしまうと、次からは自然と肩の力が抜けてくると思い知らされたのだった。今野敏はこの感覚を、「本当に心底力を込めたものを一回やってしまうと、ぶっちゃけ、もう次からはこんなことは嫌になってくる」と言う。

『ビート』は警察小説の形を借りた家族小説で、テーマも家族問題、警察組織、若者に人気のダンス……などいろいろなものを詰め込んで詰め込んで、「どうだこの野郎」とばかりに問うたものだった。これでは疲れるのも無理はない。すると次からは、もうこんなに疲れることはしたくないと思い、悪い意味ではなく、こうした描写、こんな箇所は別に書かなくてもいいじゃないかとわかってくるのだった。自分が見えていないものは、書かなくてもいいのであると。そのほうが、読者は想像力を働かせてくれることも理解するようになってきたのである。読んでいて内容が詰まりすぎているとつらくなる。もっともっと読者が楽に読めるものにしなければ。それでいながら心に沁《し》みる小説を。大げさに言えば、小説の書き方がわかってきたのだった。

とまあ長々と書いてきたが、ここで何が言いたいのかというと、今野敏としてはこの樋口顕シリーズは『ビート』が頂点であって、これでひとつの役割を終えたと思っていたのではなかろうか。だからこそ続きの作品を書かなかった、と誠に勝手な憶測だが、わたしはそんなふうに考えていた。

　それが十四年後に突如として復活を遂げたのである。驚いたのは言うまでもない。一体どういう心境の変化だろう、と嬉しさの反面、その思いもあった。あえて愚考するに、ひとつには作者を取り巻く環境の変化――二〇〇八年の山本周五郎賞など、複数の文学賞を受賞してからの劇的変化もあったかもしれない。今野敏の人気が大ブレイクし始めたのである。そこで出版社サイドから、中断しているあのシリーズをもう一度やって下さいよ、というような依頼があったとしても不思議ではない。

　同時にまた『ビート』を書いたことで力の抜き方を覚えた作者が、再び樋口顕の物語を書いてみると、どんな形になるのだろうかと本人も考えたのかもしれない。というのは、かつての今野敏は作品の設計図というか、プロットを重視し、構成をがちがちに決め込んでおかないと不安なタイプであった。それが『ビート』を境に一転する。

　ここから先はまた想像でしかないのだが、彼はきちんとした設計図を作り、それに沿って書いていくことよりも、言葉は悪いが、だらだらと書いて面白いものが出来上がるというのが、最高の小説家なのかもしれないと思うようになったのだ。本人はだらだらのつもりでも、読んでみるときちんと仕上がっている。そういう職人作家になりたいと思ったのだ。そして実際に、月日が経つごとにだんだんと自分の理想形に近づいてきたという自負も芽生えていた。

とりあえず書き始める。書いていくうちに細部を決めていく。ミステリーの場合は、犯人も想定しない。なぜならラスト近くになってから、誰でも犯人に仕立てられる——そんな自信も出てきたのだった。

登場人物たちの生の感情があらわになっていた本シリーズで、それらのことを実践したのが『廉恥』であった。

その結果はさて——。

物語は、世田谷区のマンションで若い女性の死体が発見されたことから始まる。被害者はキャバクラ嬢の南田麻里、二十三歳。ところが彼女は、所轄署にストーカー被害の相談をしていたことが判明。もしもストーカーによる犯行だとしたら、面倒なことになるのは間違いなかった。マスコミの追及は避けられないし、世田谷署署長の処分はもとより、へたをすれば警視庁幹部のクビが飛ぶ。浮足立つ捜査本部は、被疑者の特定に奔走する。

その一方で、捜査本部に詰めていた樋口のもとに、かつて荻窪署の生活安全課少年係にいて、一年前に警視庁本部の生活安全部に異動となった氏家譲から電話が入る。公立中学や高校に送られた強迫メールの発信源リストの中に、樋口の娘・照美の名前があったというのだ。警察官の自宅に強制捜査が入れば、マスコミの餌食になるのは確実で、処分は免れない。

警察組織を揺るがしかねない殺人事件の捜査と、自分の娘が容疑者となりそうな事件の対応——樋口は、捜査員としての公的立場でも、親としての私的立場でも窮地に立たされるのだった。

このふたつの事件と同じようなことは、現実社会でも頻繁に起こっている。ストーカー被害の相談をしていたにもかかわらず、警察は残虐な事件の発生を防げなかったというケースはいくつも見られるのだ。また強迫メールの場合も、パソコンやスマホなどの普及で性別年齢関係なしに誰でも簡単に、考えなしに衝動でやってしまう事例は多い。あるいは遠隔操作ウイルスで事を起こすという例も現実にあった。

驚くのは、このまったく異なるパターンの困難を、今野敏は起こった順に、時系列に沿って淡々と描いていくのだ。途中で混乱することもなく、これはこれ、あれはあれという交通整理も見事になされている。かりにこれがだらだらと書いていった結果の作品だとしたら、今野敏は恐るべき職人作家に成長したと言うよりない。

ともあれここに描かれる事件は、まさに現在進行形で、日本国内のみならず世界中で発生している喫緊の課題でもある。以前では考えられもしなかった、一見複雑そうに見えて、実は幼稚な動機から始まる現代ならではの事件と言ってよい。自分の主張が通らなければ、相手を破壊する。動機の根底はたったそれだけなのだ。だがしかし――。

人と争うのが大嫌いで、できれば誰ともぶつかりたくないと思っている樋口。自分は警察官に向かないんじゃないかと思っている樋口。そんな主人公だからこそ見えてくる真実がある。

これは樋口顕シリーズ前三作の魅力と特徴を壊さず、傷つけず、新しい衣装をまとわせた新世紀に相応《ふさわ》しい傑作である。

今後も樋口が担当する事件に加えて、彼と家族の物語を存分に味わっていきたい。

――文芸評論家

この作品は二〇一四年四月小社より刊行されたものです。

幻冬舎文庫

●最新刊
のうだま2
記憶力が年齢とともに衰えるなんてウソ!
上大岡トメ　池谷裕二

最近もの忘れが激しくなって……。実は年をとっても、脳の神経細胞の数は減らないのです。ではなぜ記憶力が衰えたように感じるのか? その秘密を解き明かし、もの忘れへの対処法を教えます!

●最新刊
坊主失格
小池龍之介

いつも淋しく、多くの人を傷つけてきました。でも仏道に出会ったことで、違う自分へと生まれ変わることができたのです——自らの過去を赤裸々に告白し、「心の苦しみ」の仕組みを説き明かす。

●最新刊
仮面同窓会
雫井脩介

高校の同窓会で七年振りに再会した洋輔ら四人は、体罰教師への仕返しを計画。翌日、なぜか教師は溺死体で発見される。殺人犯は俺達の中にいる!? 衝撃のラストに二度騙される長編ミステリー。

●最新刊
土漠の花
月村了衛

ソマリアで一人の女性を保護した時、自衛官達の命を賭けた戦闘が始まった。絶え間なく降りかかる試練、極限状況での男達の確執と友情——。一気読み必至の日本推理作家協会賞受賞作!

●最新刊
なくし物をお探しの方は二番線へ
鉄道員・夏目壮太の奮闘
二宮敦人

〝駅の名探偵〟と呼ばれる駅員・夏目壮太のもとに、ホームレスが駆け込んできた。深夜、駅で交流していた運転士の自殺を止めてくれというのだが、その運転士を知る駅員は誰もいない——。

廉恥《れんち》

警視庁強行犯係《けいしちょうきょうこうはんがかり》・樋口顕《ひぐちあきら》

今野敏《こんのびん》

平成28年8月5日　初版発行

発行人――石原正康
編集人――袖山満一子
発行所――株式会社幻冬舎
〒151-0051東京都渋谷区千駄ヶ谷4-9-7
電話　03(5411)6222(営業)
　　　03(5411)6211(編集)
振替00120-8-767643
印刷・製本―中央精版印刷株式会社
装丁者――高橋雅之

幻冬舎文庫

ISBN978-4-344-42510-1　C0193　こ-7-4